今日の閣下はどなたですか？

春臣あかり

B's-LOG BUNKO
ビーズログ文庫

イラスト／すらだまみ

CONTENTS

Kyou no kakka wa donata desuka?

人物紹介
アルマ・ヴェント
伯爵令嬢。『レイナルディアの黒い宝石』と称されるほどの容姿を持つも、趣味（虫好き、酒好き）が高じて見た目とのギャップにより立派な行き遅れに。弟のため、最後に残った婚姻話を受ける。
コンラート・エヴァハルト
公爵閣下。社交界に姿を現さず、縁談を断り続けていたためよくない噂だけが独り歩きしていた。実際無口で不愛想、不器用な一面を持つがアルマと出会ったことにより変化を遂げ……!?
今日の閣下はどなたですか？

コンラートの別人格

軟派閣下(喜び)

誰とでもすぐ仲良くなる天然ひとたらし。洞察力に長け、人の懐に入るのが抜群にうまい。

眼鏡閣下(怒り)

堅物で真面目でいつもイライラしている。この感情が表に出た時だけ、瞬間記憶能力を持つ。

気弱閣下(怯え)

人込みや緊張する場面が苦手。一方で、アルマのためならば驚異の運動神経を発揮する。ネクタイがダメ。

シャルロッテ

侯爵令嬢。
典型的なTHEお嬢様。
令嬢らしからぬアルマとしては
ちょっぴり苦手な相手。

ヘンリー

コンラートの父方の叔父。
幼い頃から
コンラートの家庭教師を
していた。

クラウディア

コンラートの母方の伯母。
アルマを気に入り
この度の縁談を
持ち掛ける。

プロローグ　本当の私じゃダメですか？

大陸の東に位置する王国・レイナルディア。

その中で、小さな領地を有するヴェント伯爵家《はくしゃくけ》にアルマは生まれた。

黒い髪に黒い瞳《ひとみ》。白い肌《はだ》に華奢《きゃしゃ》な手足というまごうことなき美少女で、成人といわれる年齢となった今もなお「愛らしい」という称賛《しょうさん》をほしいままにしていた――

夏の名残《なごり》の日差しの中、令嬢の一人がうっとりと口にした。

「アルマ様は本当にお人形さんみたいですわ。ねえ、シャルロッテ様」

「ええ本当に。何かとっておきの美容法がおありなんですの？」

「え⁉　ええと、特には……」

突然《とつぜん》話を振《ふ》られたアルマは、話題から逃《のが》れるように手元のカップを持ち上げた。

ここはレイナルディア王都。シャルロッテ・メロー侯爵令嬢《こうしゃくれいじょう》の邸《タウンハウス》にある中庭。

リーダー格の彼女が主催《しゅさい》する、月に一度のお茶会だ。

（あー……何か適当に言っておいたほうが良かったかしら……）

きらきらと目を輝《かがや》かせている周囲の令嬢たちに愛想笑《あいそわら》いを返すと、アルマは楚々《そそ》とした仕草で紅茶に口をつける。傍《はた》から見れば非常に洗練された動きだったが、当のアルマは心の中で顔をしかめていた。

（あっま……!!）

卓上《たくじょう》にシュガーポットがなかったので油断していたが、どうやらあらかじめ大量の砂糖が投入されていたらしい。

口中を侵食《しんしょく》する甘ったるさに耐《た》えつつ、アルマは必死になってそれを飲み下す。

（くっ……発泡酒《はっぽうしゅ》なら何杯《ばい》でもいけるのにっ……！）

いっこうに減らないカップの中身にアルマが絶望していると、向かいに座っていた令嬢の一人が嬉《うれ》しそうにはにかんだ。

「そういえば、わたくしついに結婚が決まりましたの」

「まあ、おめでとうございます！　ずっとお付き合いされていた方ですよね」

「はい。来月には一緒《いっしょ》に暮らし始める予定で」

（結婚、かあ……）

この国の上流階級の令嬢はだいたい十八歳から二十歳で結婚することが多く、ここ最近こうした報告が次から次へと続いていた。

その会話を今年二十二歳となったアルマは、異国の言語を耳にしたような顔つきでぼんやりと聞き流す。

するとシャルロッテが、アルマの方を見て探《さぐ》るように問いかけた。

「アルマ様はまだご結婚なさらないんですの？　その美貌《びぼう》であればどこの公爵《こうしゃく》様でも、上手《うま》くすれば王族の方からも引く手あまたでしょうに」

「とんでもありません。そういったお話は全然――」

「そんなに謙遜《けんそん》なさらないで。アルマ様は『レイナルディアの黒い宝石』じゃございませんの。縁談《えんだん》なんて掃《は》いて捨てるほどあるに決まっていますわ」

（いや、今はほんっとーにないんですけど……）

シャルロッテの指摘《してき》通り、適齢期の頃はかなりの数の縁談が舞《ま》い込んだ。

だがそのすべてがことごとく破談になっている。

その理由は――

（こんな見た目のせいで……何かにつけては『イメージと違《ちが》った』と……！）

女性相手には（変なやっかみを避《さ》けるためにも）品行方正《ひんこうほうせい》を努《つと》めているものの、異性――それも今後生涯《しょうがい》を共にする相手となれば、ある程度、素の自分を知ってもらいたいと思うのが人情というもの。

しかし。

「好きなだけ呑《の》んでいいよ」と勧《すす》められたのに、嬉々《きき》とした顔でジョッキを十杯空《ぱいから》にしたあたりで、その豪快《ごうかい》な呑みっぷりにドン引きされ。

「君の行きたいところへデートに行こう」と誘《さそ》われたので、秘境にある大湿原《だいしつげん》を指定したところ、「服が汚《よご》れるから」と即刻《そっこく》お断りの手紙が届き。

「今日はもう遅《おそ》いから、どこか宿に泊《と》まろうか」と言われたので、「野宿で大丈夫《だいじょうぶ》ですよ！　星を見ながら呑むお酒は最高ですよね！」と笑顔《えがお》で返したところ、翌日から音信不通になった。

（なーにが『黙《だま》ってたら可愛《かわい》かったのに』よ！　それなら肖像画《しょうぞうが》とでも結婚すればいいでしょうが！）

そうこうしているうちに、破談になった男性陣《だんせいじん》の口から「あいつは見た目と中身が百八十度違う」という嫌《いや》な噂《うわさ》（あいにく事実だが）が流れることとなり、山ほどあった釣書《つりがき》は一通、また一通とその姿を消していった。

結果、「あれは手に入れるのではなく、遠くから眺《なが》めているくらいがちょうどいい」――西部で産出される漆黒《しっこく》の貴石《きせき》になぞらえて『レイナルディアの黒い宝石』――という訳の分からないあだ名までつけられてしまったのである。

（その経緯《いきさつ》を知らずに言っているのか、嫌味《いやみ》なのか分からないけど……）

どうやって話をそらそう、とアルマはとりあえず紅茶を飲むふりをする。

そこで令嬢の一人が突然「きゃあ！」と悲鳴をあげた。

「む、虫ですわ！」

「ええっ!!」

その言葉にシャルロッテや他の令嬢たちが一斉《いっせい》に立ち上がり、きゃあきゃあと蜂《はち》の巣《す》をつついたかのような騒《さわ》ぎになった。

アルマも遅《おく》れて椅子《いす》から腰《こし》を浮《う》かせたものの、その視線はテーブルの上に釘付《くぎづ》けになっている。花柄《はながら》のクロスの上——翅《はね》をゆっくりと上下させる白い蝶《ちょう》。か細い触覚《しょっかく》。

それを目にした途端《とたん》、アルマは目をきらっと輝かせた。

（——かっ、可愛いーー!!）

きゅんと高鳴る心臓を押さえ、人目を忍《しの》んでささささっと両手で蝶を囲い込む。

すぐさまメイドたちが駆《か》けつけ、テーブルの上を整えていく様子を見ながら、シャルロッテをはじめとした令嬢たちは次々と嫌悪《けんお》を口にした。

「も、もういなくなりまして？」

「わたくし、虫は見るのもダメなんです！　早く退治してくださいませ！」

「アルマ様、お近くでしたが大丈夫ですか？」

「え、ええ」

アルマは「ちょっと風に当たりに」とこっそりその場を離《はな》れる。

彼女たちの死角となる庭園の隅《すみ》にまで移動すると、そうっと両手を広げた。

観察するのと同時に、脳内でばららっと図鑑《ずかん》が開かれる。

(前翅長《ぜんしちょう》はおよそ十七ミリ。大きさからいってシジミチョウ科みたいだけど、翅の斑紋《はんもん》が裏表ほとんど同じだし、翅頂《しちょう》の尖《とが》りもない。ウラギンシジミ亜科《あか》かルリシジミに近い子だと思うんだけど——ああ、可愛い……！)

おおよその種類に当たりをつけたところで、アルマは蝶を空に放した。

「どこから来たのかしら。ほら、もう見つかっちゃだめよ」

助け出された白い蝶は、まるでアルマの言葉が分かるかのようにしばらく頭上を旋回《せんかい》していた。だがすぐにふわふわとどこかへ飛び去っていく。

姿が見えなくなったのを確認《かくにん》したあと、アルマは再びお茶会の場へと戻《もど》った。

令嬢たちはまだ興奮冷めやらぬ様子で、なおも会話を続けている。

「嫌ですわね、虫なんて」

「どうしてあんなに気持ち悪いのかしら」

「ああ怖《こわ》かった……アルマ様もお嫌《きら》いですよね、虫」

「………………」

喉《のど》まで出かかった言葉をアルマはぐっと呑み込む。

ぎこちない笑顔を浮かべながら、それらしく眉尻《まゆじり》を下げた。

「はい。……そう、ですね」

ヴェント家の自邸《タウンハウス》に戻ってきたアルマはすぐさま化粧《けしょう》を落とし、やたらと生地《きじ》が丈夫《じょうぶ》で十代前半から愛用している部屋着に着替《きが》えると、ベッドへばったりと倒《たお》れ込んだ。

窓の外はすでに真っ暗になっている。

「つ、疲《つか》れたー！」

枕《まくら》に顔をうずめたまま、しばし石のように硬直《こうちょく》する。

やがてがばっと上体を跳《は》ね起こすと、枕元《まくらもと》にあったぼろぼろの昆虫《こんちゅう》図鑑を手に取った。

ぱらぱらとめくるが、今日見た蝶が描《えが》かれたページはない。

（やっぱり、もっと観察したかったな……。複眼《ふくがん》が綺麗《きれい》な紫色《むらさきいろ》だったのよね……）

だがあまり長いこと席を外せば、令嬢たちに不審に思われてしまう。

同時に――彼女たちのリアクションを思い出し、ふっと表情を曇《くも》らせた。

（本当は虫が好きだなんて、言えないわ……）

きっかけは、幼い頃に見つけた小さなテントウムシだった。

それから蝶、バッタ、カブトムシと庭園にいる昆虫を次から次へと探し出し、貯《た》めたお小遣《こづか》いでこっそり昆虫図鑑を買ったり、庭師に珍《めずら》しい虫を確保してもらったりと愛好を続けていた。

そんな日々を送っていたアルマだったが――参加したとあるガーデンパーティーで、テーブルにいた芋虫《いもむし》をなにげなくひょいと手のひらに乗せた途端、それを隣《となり》で見ていた令嬢に大きな悲鳴をあげられてしまった。

会場はたちまち騒然《そうぜん》となり、アルマは自分でも訳が分からないまま、とっさにそれを背後に隠《かく》してしまったのだ。

以降、虫が好きなことを口外出来なくなってしまったのである。

（いつか庭に大きな温室を作って、世界中のあらゆる昆虫を飼育したい……！　でもそんなことをすれば、いよいよ結婚を諦《あきら》めたと噂されそうだし……）

悲しむ両親を想像し、アルマは図鑑を抱きしめたままはあと嘆息《たんそく》を漏《も》らす。

そこにコンコンというノックの音が響《ひび》いた。

「姉さん、入るよ」

「エミリオ、どうしたの？」

「ちょっと話があって――って、またそんなよれよれの服……他にもいっぱい持ってるのに、どうしてわざわざくたびれたのを着るのさ」

「これがいちばん楽なのよ。今日は令嬢の擬態《ぎたい》をして疲れたし」

「令嬢の擬態ね……」

自邸に帰ると途端にだらしなくなる姉を見て、エミリオは苦笑《くしょう》した。

「まあいいや。それよりその……実は、結婚しようと思って」

「結婚!? あの子と!?」

「う、うん……」

アルマは急いでベッドから下りると、駆け寄《よ》って弟の手を取った。

「おめでとう！　ずっと頑張《がんば》っていたものね」

「姉さんには色々相談に乗ってもらって、本当に感謝してる。彼女もぜひ一度、姉さんに会いたいって」

「もちろんよ。……本当におめでとう、エミリオ」

姉の言葉を聞いたエミリオは、嬉しそうに目を細めた。

弟が自室に戻ったあとも、アルマはまるで我がことのように気持ちが浮き立つ。

(本当に良かった……。向こうのおうちが難しい方で、結婚するのは大変かもしれないと思っていたから……)

そこで「はっ」と大きな瞳を輝かせた。

「こんな時こそ、とっておきのお酒で祝杯《しゅくはい》をあげなくては！」

ベッドの下に隠しているいる木箱をいそいそと引っ張り出す。

そこには一日の終わりに、アルマが密《ひそ》かに楽しんでいる秘蔵の酒コレクションがきっちりと収納されている——はずだったのだが。

「な……ない！」

昨日まであったはずのそれらが、何故《なぜ》か忽然《こつぜん》と姿を消していた。

すわ泥棒《どろぼう》か⁉　と焦《あせ》ったアルマだったが、冷静になって考えてみる。

（きっと……お茶会に行っている間に部屋を片づけられたのね……）

もとより執事《しつじ》から「令嬢らしからぬ」と苦言《くげん》を呈《てい》されている嗜好《しこう》である。

普段《ふだん》は誰《だれ》も部屋に立ち入らせないのだが、主《あるじ》の不在にこれ幸いと処分したのだろう。

（うう……私の貴重な楽しみが……）

だがせっかくの吉報《きっぽう》を肴《さかな》に、呑まない選択肢《せんたくし》があろうか。いやない。

アルマは二階にある自室を出ると、まっすぐ階下の厨房《キッチン》へと向かった。

（貯蔵庫《セラー》に行けば、料理に使うお酒かワインがあるはず……。ついでに何かつまみになるものでも作っちゃおうかしら！）

執事がまたも顔をしかめる様を想像しつつ、ひとり階段を下りていく。

一階の廊下《ろうか》は絵が好きな父親の画廊《ギャラリー》も兼《か》ねており、大小さまざまな絵画が壁を飾っていた。薄暗《うすぐら》いその場所を、アルマは手燭《てしょく》を持ったまま静かに歩く。

（夜中に見るといっそう迫力《はくりょく》があるわね……。まあ残念ながら、私にはどこがいいとか全然分からないんだけど……）

やがて応接室の前に差《さ》しかかった。

扉《とびら》と床《ゆか》の隙間《すきま》からわずかに光が漏れ出ており、アルマは「こんな時間に誰か来ているのかしら？」と首を傾《かし》げる。

するとと扉越《ご》しに、父親の深刻な声が聞こえてきた。

『――やっぱりアルマには、修道院に行ってもらうしかないか……』

（えっ⁉）

すぐさま足を止める。続けて母親の声がそれを否定した。

『そんなの可哀《かわい》そうです！』

『だが先方は体面をとても重んじる家だと聞く。家に未婚《みこん》の姉がいるとなれば、難色《なんしょく》を示すに決まっている――』

（もしかして、エミリオのこと……？）

アルマは獲物《えもの》を待つ蜘蛛《くも》よろしく、べたりと扉に張りつき聞き耳を立てた。

『一度アルマに話をしてみましょう？　あの子だって、エミリオのためだと分かればきっと協力してくれるはずです』

『しかしそのために、本人が望んでもいない結婚を無理やりさせるのか？　それは――』

『でも修道院に入ったら、簡単には会えなくなってしまいますし……』

すすり泣くような母親の声に、アルマは祝杯を取りにきたことも忘れて青ざめた。

（よりにもよって、修道院……⁉）

清貧《せいひん》を善《よ》しとし、神のために祈《いの》り、奉仕《ほうし》する。

もちろんそれ自体は素晴《すば》らしいことだ。

未婚の子女としては、ある意味珍しくもない姿である。

だが。

（修道院に入ったら――お酒が呑めないんですけどー⁉）

豊かな水源に恵まれているこの国では、お酒は身近な嗜好品《しこうひん》。

病気に苦しむ人や疲れた旅人を癒《い》やすため、薬酒を作る修道院もある。

とはいえ修道女が娯楽《ごらく》として飲酒するなどもってのほかだ。

しかし――

（このままじゃ、エミリオに迷惑《めいわく》をかけてしまう……）

ひとりの女の子をずっと大切にしていた弟。諦めそうになるたび励《はげ》ました。彼女にふさわしくあろうと努力する姿も知っている。

そんな彼らが、ようやく結婚にこぎ着《つ》けそうだというのに。

（……っ！）

アルマはぐっと唇《くちびる》を噛《か》みしめると、そのまま力いっぱい応接室の扉を開け放った。

「お父様、お母様、私――結婚します！」

「アルマ⁉」

娘の闖入《ちんにゅう》に、ソファで隣《とな》り合う形で座っていた両親は文字通り飛び上がった。

アルマはそんな二人の前に立つと、深々と頭を下げる。

「今まで申し訳ありませんでした。ですが私も年頃《としごろ》。エミリオも結婚が決まったことですし、私も姉としてふさわしくあらねばと思いまして」

「そ、それは、願ってもないことだけど……」

「私へのお話がないことは重々承知しています。ご苦労をかけると思いますが、どうかいいご縁を探していただければと――」

修道女にされてはたまらないと、アルマは必死に食い下がる。

しかし父親はそんなアルマを見たあと、ええと、と言いにくそうに頬《ほお》をかいた。

「実はその、つい昨日、たまたま一件申し込みが来ていて」

「えっ⁉」

「ただその、結構領地が遠いし、あまり社交界でお見かけしたことがないというか、あとちょっと不穏《ふおん》な噂もあるところだから――」

煮え切らない父親の様子に、アルマは嫌な予感を覚える。

だがこれを逃せば、次の機会がいつになるか分からない。

アルマはこくりと息を吞み、すぐに首肯《しゅこう》した。

「その縁談、進めていただけないでしょうか！」

「い、いいのかい？　たしかに歳《とし》は近いし、爵位《しゃくい》はうちにはもったいないほどだけど」

「どんな方でも大丈夫です！　ですからあの……エミリオの結婚だけは、どうかうまくいくよう取り計らってくださいませんか」

「アルマ……っ」

弟を思う姉のなんという優《やさ》しさよ、と胸に迫った母親は感涙《かんるい》にむせぶ。

父親も「素晴らしい娘に育ってくれた」と満足げに頷《うなず》くばかりだ。

アルマもまた誇《ほこ》らかに胸に手を置いたものの、急に不安に襲《おそ》われる。

（……だ、大丈夫よね？）

どんな相手でも修道院に行くよりはマシ、と思っていたが——愛人を何人もはべらせる女好き。仕事ばかりで家族を顧《かえり》みない冷血漢《れいけつかん》。もしくは自分では何も決められない意気地《いくじ》なしの可能性もある。

だが来ている縁談は一つだけ。

もはや選択《せんたく》の余地はない。

（ええい、女は度胸よ！　とりあえず進まないと、何も始まらないもの！）

『それを言うなら愛嬌《あいきょう》では』——というエミリオの幻《まぼろし》を打《う》ち払《はら》い。

こうしてアルマは、華《はな》の独身生活に別れを告げる覚悟《かくご》を決めたのだった。

第一章　この結婚、大丈夫ですか？

一カ月後。

馬車に乗ったアルマは、ひとり婚約者の元へと向かっていた。

（今日からお相手の家《カントリーハウス》で暮らすのかあ……）

結婚式の日取りなどはまだ決まっていないが、少しでもお互《たが》いのことを知っておいたほうがいいだろう、という先方からの打診《だしん》である。

必要なものはすべてこちらで支度《したく》するとの言葉通り、四頭立てのやたら立派な馬車が迎《むか》えにきた時は家族全員開いた口が塞《ふさ》がらなかった。付《つ》き添《そ》いの侍女《じじょ》も不要。身の回りの品だけでいいという破格の待遇《たいぐう》だ。

がたごとと揺《ゆ》れる座席に座り、父親から渡《わた》された釣書《つりがき》に目を落とす。

（コンラート・エヴァハルト……）

歳《とし》はアルマの四つ上にあたる二十六歳。

ヴェント領からはるか北方、大山脈を含《ふく》む広大な領地を治める公爵《こうしゃく》様だ。

古くは王族にも連《つら》なる由緒《ゆいしょ》正しい家柄《いえがら》で、伯爵家《はくしゃくけ》のアルマからしてみれば身に余るほどの良縁《りょうえん》である。

（たしか三年前にお父様が亡《な》くなられて、そのまま家督《かとく》を継《つ》いだと……）

突如《とつじょ》誕生した若き公爵のことは、令嬢《れいじょう》たちの間でも当時大変な話題になった。

だが肝心《かんじん》のコンラートはほとんど所領から出ることがなく、容姿を知る者が誰一人いなかった。そのうえどれだけ縁談《えんだん》を申し込んでも、あれそれと難癖《なんくせ》をつけられてお断りされる、という良くない情報がまたたく間に広がり――

（……どうしてそんな方が私に？）

念のため父親にも「何故《なぜ》？」と確認《かくにん》してみた。

するとコンラート本人ではなく、その親族が「是非《ぜひ》に」という話だったらしい。

（公爵の伯母《おば》様にあたるクラウディア様？　が、私のことをいたく気に入ってくださったそうだけど……）

以前パーティーで挨拶《あいさつ》した、陽気なご婦人の姿をぼんやりと思い出す。真っ赤なドレスがはち切れそうなほどの豊満《ほうまん》な体で、力いっぱい抱《だ》きしめられた記憶《きおく》しかない。

改めて手元に視線を戻《もど》す。

詳細な家系図は記されていたが、コンラート本人の絵姿はどこにもなかった。

（縁談が来なくなって焦《あせ》ったのかしら。公爵家とはいえ、ものすごーく端《はし》っこで僻地《へきち》だし……でも、すごく珍しい蝶《ちょう》がいるらしいから、それは気になっているのよね……)

彼の統治するエヴァハルト領は、湿《しめ》った偏西風《へんせいふう》とそれを遮《さえぎ》る山脈《さんみゃく》のせいで、一年のほぼ半分は曇《くも》りや雨という悪天候に見舞《みま》われている。王都からも遠く、それだけで敬遠する家は多い。

さらに恐《おそ》ろしい噂《うわさ》まであるらしく——

(なんでも彼に代替《だいが》わりした途端《とたん》、邸《やしき》で古くから働いていた使用人のほとんどが辞《や》めた、って話だけど……)

真偽《しんぎ》のほどは定《さだ》かではない。

しかし令嬢たちは「そんな問題のありそうな家に嫁《とつ》ぐなんてとんでもない」とまるで潮《しお》が引くようにコンラートの話題を口にしなくなった。

(とても気難しい人なのかしら？　でも偶然《ぐうぜん》が重なっただけという可能性もあるし、噂だけで判断するのは失礼よね)

自らを取り巻く不名誉《ふめいよ》な噂（あいにくこちらは事実だが）を思い出し、アルマは一人うんうんと頷《うなず》いたあと、釣書を鞄《かばん》へと戻す。

馬車はその後も道中に点在する集落の宿へと立ち寄りながら、がたごとと進んでいった。日にちをかけ、のんびりと街道《かいどう》を走っていく。

やがて明るく晴《は》れていた青空が、徐々《じょじょ》に重たい灰色の雲に覆われ始めた。

（なんだかちょっと、肌寒《はだざむ》くなってきたような……）

まだ秋だというのに山々は黒く、冷え冷えとした感じに。

街道沿いの木々も鬱蒼《うっそう》としてきて、どこか不穏《ふおん》な空気だ。

そうして日が落ちる頃《ころ》になって、ようやくエヴァハルト領――そして婚約者のコンラートが住まう公爵邸へと到着《とうちゃく》した。外観のあまりの迫力《はくりょく》にアルマは目を見張る。

（すごい……）

敷地《しきち》一帯に広がる針葉樹。

それらをぐるりと取り囲むようにして、長い石壁《いしかべ》が続いていた。正面には錬鉄《れんてつ》で出来た巨大《きょだい》な門扉《もんぴ》があり、馬車の到着に合わせて門番が左右に押し開く。

当然その先にも立派な並木が続いており、アルマはぽかんと小窓の外を眺《なが》めた。

（家っていうか……森？）

しばらく走っていると木立を抜《ぬ》け、整備された庭園に出る。

邸《やしき》に向かって黒い石で舗装《ほそう》された馬車路《みち》が続いており、周辺には刈《か》り込まれた芝生《しばふ》が広がっていた。

庭園から少し離《はな》れた位置には遊歩道もあり、その近くには薔薇《ばら》のアーチ門や噴水《ふんすい》が設けられている。ただし奥まったところや建物の裏手には手つかずの森が残っており、木々の合間からドーム状の屋根がちらりと見えた。

（……？　あれはいったい……）

興味深く観察していたところで、ようやく三階建ての母屋《おもや》が現れる。

黒い外壁《がいへき》に灰色の窓枠《まどわく》。もはや厳《おごそ》かな城館《じょうかん》といった佇《たたず》まいだ。

四頭立ての馬車が三台は並びそうなだだっ広い車寄せに荷物と一緒《いっしょ》に下ろされ、アルマは呆然《ぼうぜん》と立《た》ち尽《つ》くす。

すると玄関《げんかん》先に出迎《でむか》えにきていた執事長《しつじちょう》が恭《うやうや》しく口を開いた。

「ようこそお越《こ》しくださいました、アルマ様。中で旦那《だんな》様がお待ちです」

「は、はい……」

恐る恐る邸内《ていない》に足を踏《ふ》み入れる。

玄関ホールでまず目に飛び込んできたのは、主階段の踊り場に飾《かざ》られた肖像画《しょうぞうが》だった。

黒髪の男性と、ドレスを着た美しい銀髪《ぎんぱつ》の女性。

おそらく三年前に亡くなったという、前エヴァハルト公爵とその妻の若き日の姿だろう。

（威厳《いげん》のあるお父様……。それにお母様もお綺麗《きれい》な方だったのね）

天井《てんじょう》には晴れ渡った蒼穹《そうきゅう》の絵が描《えが》かれており、足元にはあらゆる衝撃《しょうげき》を無力化しそうなふっかふかの絨毯《じゅうたん》。カーテンや調度品はどれも一目《ひとめ》で最高級だと分かる重厚感《じゅうこうかん》を有していて、アルマは思わず着ていたドレスの裾《すそ》を正した。

（き、緊張《きんちょう》してきた……！）

二階の角部屋に着いたところで執事長が立ち止まり、コンコンとノックをする。

どうぞと導かれるままに、アルマは勇気を出して一歩を踏み入れた。

「し、失礼いたしま――っぐ⁉」

「アルマ！　よく来てくれたわ！　相変わらず可愛《かわい》いわねえ‼」

突然《とつぜん》、柔《やわ》らかい何かに全身を包み込まれ、アルマは目を白黒させる。

覚えのあるその感触《かんしょく》に必死になって顔を上げると、案の定この縁談を持ち込んだ張本人――コンラートの伯母であるクラウディアが満面の笑《え》みを浮《う》かべていた。

「お、お久しぶりです、クラウディア様……」

「無理と思っていたけど、申し込んでみるものだわあ！」

まさに力いっぱいの歓迎《かんげい》に、アルマは若干《じゃっかん》意識を飛ばしかける。

部屋の奥にいた男性がそれを見て、「はあ」と呆《あき》れたようにため息をついた。

「クラウディア様、圧死させる気ですか」

「あらいけない。そうねヘンリー」

すぐに拘束《こうそく》が解《と》かれ、アルマは慌《あわ》てて酸素を肺に取り入れる。

ふうと吐《は》き出しながら、ヘンリーと呼ばれた男性に目を向けた。

ヘーゼルアイに銀縁《ぎんぶち》の眼鏡《めがね》、仕立てのいいスーツという出《い》で立《た》ちの彼は、アルマのその視線に気づいたものの、冷たく押し黙ったままだ。

やがてクラウディアがうきうきと紹介《しょうかい》する。

「改めまして、わたしはコンラートの伯母のクラウディア。彼は叔父《おじ》のヘンリーよ。わたしは母の姉、彼は父の弟になるの。今は二人でコンラートの後見人をしているわ」

「そ、そうなんですね……」

クラウディアとヘンリー。

どこか対照的な二人を前に、アルマはこくりと息を呑《の》む。

すると後ろに置かれていたテーブルから、一人の男性が顔を上げた。

(じゃあこの人が……)

良く言えば落ち着いた、悪く言えば薄暗《うすぐら》い部屋。

そんな中でも、きらきらと光を弾《はじ》く銀色の髪。

世界一美しい蝶と呼ばれるモルフォ蝶の翅《はね》を想起《そうき》させる、青い瞳《ひとみ》。

その美しさに思わず見惚《みと》れるアルマを前に、男性はようやく口を開いた。

「——コンラート・エヴァハルトだ」

初めて目にする公爵閣下はそれはそれは端整《たんせい》な——そして、どこか悲しい目をした青年だった。

翌日の早朝。

アルマが身支度《みじたく》を終えたところで、バァンと勢いよく扉《とびら》が開かれた。

「おはようアルマ！　よく眠《ねむ》れたかしら？」

「ク、クラウディア様、おはようございます」

「今日も朝からキュートだわ。そうそう、せっかくだから二人でデートしたらどうかと思って迎えにきたのよ。お互いのこと、全然知らないでしょう？」

「今からですか⁉」

突然の提案に戸惑《とまど》うアルマをよそに、クラウディアは善は急げとばかりにその手を握《にぎ》りしめると、すぐさまコンラートの部屋へと向かう。

中ではネクタイをした彼が既《すで》に仕事を始めていたが、突然の伯母の訪問に、無言のまま大きく目を見張った。

「おはようコンラート！　まあ、もう仕事をしているの？　真面目《まじめ》なのもいいけれど、まずはあなたの婚約者と親しくなるのが大切ではなくて？」

「クラウディア様、あの、私は別に今でなくても」

「ほら、早くコートを持って！　行くわよ！」

執事長が薄手の外套《がいとう》を手渡《てわた》したのと同時に、左腕にアルマ、右腕にコンラートを抱《かか》えたクラウディアが玄関ホールへと突進《とっしん》する。行ってらっしゃーいと元気に背中を押され、二人はあっという間に邸から追い出された。

（きゅ、急すぎない……？）

恐る恐る振《ふ》り返るが、クラウディアが玄関扉の前でにこにこと仁王立《におうだ》ちしており、とても戻れる雰囲気《ふんいき》ではない。

（まあ昨日はほとんど話せなかったし……どんな人かを知るチャンスよね）

アルマは気を取り直すと、改めて隣《となり》に立つコンラートを見上げる。

こんな早朝だというのに身支度は完璧《かんぺき》に整っており、どの角度から観察しても一分《いちぶ》の隙《すき》もない。すると視線に気づいたのか、コンラートが睨《にら》み返してきた。

「……なにか？」

「えっ⁉　あ、いえ、綺麗なお顔だなあと思いまして」

アルマとしては素直《すなお》な気持ちを口にしただけなのだが、コンラートは一瞬鼻白《いっしゅんはなじろ》んだようにに眉根《まゆね》を寄せると、ふいっとアルマに背を向けてしまった。

（な、何か気に障《さわ》るようなこと言った⁉）

気難しい公爵閣下という単語が頭をよぎり、アルマは必死に挽回《ばんかい》を図《はか》る。

「あ、あー、あの、良ければお庭を案内していただけませんか？」

「………」

「すごく広いですよね。ゆっくり見てみたいなあ、なんて」

アルマの提案に、コンラートはようやく少しだけこちらを振り返った。

その直後、さっさと庭園の方に歩き出してしまう。

（な、なんとか言ってほしいんですけど!?）

読めない行動に戸惑《とまど》いながらも、アルマはすぐに彼のあとを追う。

話題作りに、近くにあった花を適当に指《さ》した。

「綺麗な薔薇ですね。なんていう名前なんですか？」

「分からない」

「そ、そうですか……」

（会話が続かん……）

その後もアルマはあれそれと庭園の美しさを褒《ほ》めるのだが、コンラートには何一つとして響《ひび》いていないらしく、すたすたと足を進めていく。

かと思えば、何もないところでじっと立ち止まっていることもあり、アルマはいよいよ彼の挙動《きょどう》が理解できなくなっていた。

（まるで犬の散歩……？　この場合、どっちが犬なの……？）

おまけに足早に歩き続けたせいか、背中の汗《あせ》が一気に冷え、アルマはぶるるっと身震《みぶる》いする。たまらず「くしゅん」とくしゃみをしたところで、五歩先を進んでいたコンラートがくるりと踵《きびす》を返し、ずんずんとアルマの前に接近してきた。

「す、すみません、あの」

「………………」

すると彼は突然、着ていた外套を脱《ぬ》ぎ始めた。

近くで目にする彼の体は、服の上からでも分かるほどしっかりしており、アルマはついドキドキしてしまう。

（もしかして、私に――）

だがコンラートは外套を広げたところで、不自然にびしっと硬直《こうちょく》した。

「……コ、コンラート様？」

「………………」

彼は心なしか顔色を悪くすると、何故かそのまま外套を脇《わき》に抱えてしまう。

面食らったアルマは、ついに「は？」と口に出してしまった。

（いったい何がしたかったのよ⁉）

こうして庭をぐるりと一周したあと、二人はやっと玄関前に戻ってきた。執事長が迎えに出て、コンラートは一人さっさと邸の中へ入っていく。

その背中を見送りながら、アルマは「ははーん」と腕《うで》を組んだ。

「なるほど、これはめんどくさいわ……」


その後もクラウディアが、なんとかして二人の仲を取り持とうとしてくれたものの、そのどれもがことごとく失敗に終わった。

二人でお茶をしても沈黙《ちんもく》のまま時間だけが過ぎ、全員での食事の席でもクラウディアが最初から最後まで息つく暇《ひま》なくしゃべり続けているだけ。ちなみにその間《かん》もカトラリーを持つ手が止まることはなかった。

そうこうしているうちに一週間が経過し――ついに後見人の二人が、それぞれの住まいへ帰る日となった。

「ごめんなさいねアルマ。主人がいい加減、戻ってこいって」

「仕方ありませんよ。女主人があまり長く家を空《あ》けるわけにはいかないでしょうし」

またねえ～！　と大きな瞳に涙《なみだ》を浮かべて怒涛《どとう》のように去っていくクラウディアを玄関で見送っていると、いつの間にか隣に来ていた叔父・ヘンリーがふっと鼻で笑う。

「いつ見ても豪快《ごうかい》な人だ。あなたも疲《つか》れたでしょう」

「い、いえ、そんなことは」

「縁談、今すぐ断ってもらってもいいですよ」

「えっ？」

まさかの言葉に、アルマは目をしばたたかせる。

だが彼は訂正《ていせい》するでもなく、眼鏡を押し上げたあと静かに言葉を続けた。

「そもそも僕はこの話、反対しているんです。それをあの人が勝手に進めて……。公爵家の結婚はそう簡単なものではないというのに」

「は、はあ……」

「本当に迷惑《めいわく》です。こんな見てくれだけの中位貴族の娘だなんて」

（おーい、聞こえてますよーっ！）

クラウディアの雑談から得た情報によると、ヘンリーはコンラートが幼い頃から、家庭教師としてこの家に出入りしていたらしい。それだけに甥《おい》っ子が心配なのだろう。

わざとらしくため息をついたあと、彼はレンズの奥の目をすっと細めた。

「とにかく、僕はあなたを認めたわけではありません。公爵家に害をなすとみなせば、即《そっ》刻《こく》出て行ってもらうのでそのつもりで」

「き、気をつけます……」

初めて会った時からなんとなく歓迎されていない気はしていたが、どうやら彼はコンラートが結婚すること自体を良く思っていないらしい。言いたいことをびしばし叩《たた》きつけたあと、迎えにきた馬車でさっさと自宅に帰ってしまった。

玄関に一人残されたアルマは、がっくりと肩《かた》を落とす。

（うう……大変なところに来てしまった……）

前門の修道院、後門の公爵家。

もはやアルマに逃げ場はない。

（……まあでも、まだたったの一週間だし。一緒に暮らしているうちに、多少はいいところも見えてくると思うんだけど――）


しかし期待とは裏腹に、コンラートとの距離《きょり》はいっこうに縮まらなかった。

二人での食事中、会話はほぼゼロ。

庭園の散歩に誘《さそ》ってもそのたび断られ、あれ以来一度も行っていない。

仕方なく、邸の使用人たちに彼の人となりを尋《たず》ねてみたものの「自分もここで働き始めて日が浅いので……」と大した情報は得られなかった。

（まあ、ひどい労働環境《かんきょう》じゃなかったのには安心したけど……）

古株の使用人がごっそり辞めたというくらいだから、てっきりコンラートが暴虐《ぼうぎゃく》をほしいままにしているのかと疑っていた。

だがここ何週間か過ごしている限り、そうした様子は見られない。

（やっぱり、たまたま退職者が続いただけかしら？　……それはそうと、私はいったいいいつまで令嬢の擬態《ぎたい》を続ければ……）

縁談をナシにされてはたまらないと、アルマはコンラートの前ではもちろん、使用人たちに対しても常に楚々《そそ》とした態度を貫《つらぬ》いていた。

おかげで評判は青天井《あおてんじょう》だが、いつ化けの皮がはがれるか冷や汗ものだ。

（あーっ！　浴びるようにお酒が呑《の》みたーいっ‼）

アルマは心の中で絶叫すると、特にすることのない自室へと戻っていった。

そんなぎこちない生活のまま、ついに一カ月が経過した。

夕食後――綿のように疲れ切ったアルマは、自室の机にどさっと突《つ》っ伏《ぷ》す。

「うう……おうちに帰りたい……」

相変わらずコンラートは寡黙《かもく》で、何を考えているか分からないまま。

最近では話しかけることすら怖《こわ》くなっている。

一方『完璧な令嬢に擬態キャンペーン』はいまだ継続中《けいぞくちゅう》で、アルマはついに表情筋の異常を感じ始めた。

「一日中がっちがちのコルセット、装飾《そうしょく》ごてごてのドレス、肌《はだ》が息できないほどのフルメイク……。かといってやることは何もなし……。それに部屋をいつも侍女たちが出入りするから、全っ然だらだら出来ない……！」

そもそも婚約期間といえば一般的《いっぱんてき》に、未来の公爵夫人としての立《た》ち居振《いふ》る舞《ま》いや親族の繋《つな》がりを学んだり、ダンスやマナーのレッスンをしたり。さらには領地の視察、家政の采《さい》配《はい》などに努めていくものだ。

だがどういう訳か――コンラートはアルマに対して、そうした勉強を一切《いっさい》させなかったのである。

（最初は気遣《きづか》ってくれたのかと思っていたけど、もう一カ月よ⁉　こうなると完全に『書類上だけの婚約者でいい』ってことじゃない！）

アルマはぐぬぬ、と拳《こぶし》を握りしめる。

やがて何かを決心したかのように、突然がばっと立ち上がった。

「もうだめ……呑もう！」

家から持参した鞄をベッドの下から引っ張り出すと、奥底に隠《かく》していたワインボトルとグラスを取り出す。人目を盗《ぬす》んでこっそり入れておいたものだ。

ちなみに例の部屋着も持ってこようとしたが、メイドたちから「当家の恥《はじ》になります！」と涙ながらに止められた。

うふふ、と我が子を愛《いと》おしむように抱きかかえたあと、むっと眉根を寄せる。

「でも部屋で呑んでいたら、すぐにばれるか……」

アルマはしばし逡巡《しゅんじゅん》したあと、ソファに置いていた編み物用の籠《かご》を手に取った。

中身を酒瓶《さかびん》と入れ替《か》えると、ぱたんと蓋《ふた》をして腕から下げる。

「よし、これなら――」

羊毛の外套を羽織り、廊下《ろうか》にいた侍女に「ちょっと夜風に吹かれたい」と断りを入れる。そのまま厨房《キッチン》で塩味の利《き》いたクラッカーとチーズ、オリーブのオイル漬《づ》けを分けてもらうと、ひとり庭園へと向かった。

邸からいちばん遠い四阿《あずまや》で、いそいそとそれらを皿に盛りつける。

「クラッカーのクリームチーズのせ！　シンプルだけど間違《まちが》いないのよね～」

グラスにワインを注ぎ、くいっと勢いよく飲み干《ほ》す。

乾《かわ》ききっていた喉《のど》にひりつくような刺激《しげき》が走り、アルマは「くううっ」と歓喜《かんき》に声を震《ふる》わせた。

「お、美味《おい》しいーっ‼」

皿に並べたクラッカーを口に運び、ワインも二杯《はい》目、三杯《ばい》目。今までに呑んだどの酒より美味《びみ》に感じられ、アルマは夢中になってグラスを傾《かたむ》ける。

だが途中ではっと手を止めた。

「いけない、いけない、飲み干さないようにしないと……。この家、お酒はだめって感じだから、次いつ手に入るか分からないし」

あらゆる贅沢品《ぜいたくひん》が溢《あふ》れ返っている公爵家だったが、不思議なことにアルコールの類《たぐい》だけは、一切と言っていいほど提供されなかった。

料理に使うものや来客用はそれなりにあるようだが、普段《ふだん》の食卓《しょくたく》で酒が出たことは一度としてない。

(普通《ふつう》、食前とか食後に出るものだけど……そういう決まりなのかも?)

三分の二ほどになってしまったワインボトルに名残惜《なごりお》しく栓《せん》をしたあと、グラスの中身をちびちびと舌に乗せる。

四阿の上には満天の星が輝《かがや》いており、アルマはふうとため息をついた。

秋夜《しゅうや》の涼しい風が頬を撫《な》でる。

(みんな、どうしてるかな……)

この邸ほどの大金持ちではなかったが、ヴェント家はいつも楽しかった。

仲の良い両親。可愛い弟。素のアルマを知る使用人たち。

(エミリオ……ちゃんと、結婚の話は進んでいるのかしら)

ひねくれた自分とは違《ちが》う。

きちんと恋愛をして結ばれた家族。

どうか彼らだけは、幸せになってほしい。

(……でも、私だって本当は――)

喉の奥に苦い何かが込み上げてきて、アルマはグラスの底に残っていた酒を一息にあおった。ふわふわとした心地《ここち》のまま、溜め込んでいた思いの丈《たけ》をぶちまける。

「こっちだって、好きでここに来たんじゃないわよーっ！　それでも……それでもちょっとでも仲良くなれたらいいなって、一生懸命頑張《いっしょうけんめいがんば》ってるんじゃないーっ！　政略だか見合いだか知らないけど、諦《あきら》めたくないのよこっちはーっ！」

貴族の娘は結婚相手を選べない。

それは当たり前のこと。

でもアルマは、相手がどんな人であっても大切にしたいと考えてきた。

「なのにあの態度は何!?　どんなに話しかけてもそっけないし、何考えてるかぜんっぜん分かんないし！　言いたいことあるなら、ちゃんと言ったらいいじゃない！　見た目はあんなにいいくせに、このっ、バカ――!!」

心ゆくまで本音を吐き出し、アルマは満足げに「ふう」と額を拭《ぬぐ》った。

だがふいに背後から強い視線を感じ、ぎこちなく振り返る。

そこで――手帳を手にしたコンラートとばっちり目が合ってしまった。

「アル、マ……？」

（終わった――）

修道女となった自身が脳裏《のうり》をよぎり、アルマの思考回路は真っ白になる。

さらにあろうことか、コンラートがずんずんとこちらに歩み寄《よ》ってくるではないか。

（えっ⁉　なに⁉　いつもは無視するのに、どうして今日に限ってこっち来るのよ⁉）

逃げる間もなく、四阿のすぐ前にコンラートが立つ。

詰《なじ》られることを覚悟《かくご》して、アルマは静かに下を向いた。

「……本当か？」

「えっ……と、その……」

「ちょっとでも仲良くなれたらいいなって」

「えっ？」

（そっち⁉）

まさかの切り出しに、アルマは思わず顔を上げる。

「俺は……君が来てくれて嬉《うれ》しかった。叔父上からは止められたが、伯母上に話を進めてもらって良かったと思っている」

「ちょっ、ちょっと待ってください⁉　……嬉しかった？」

「ああ」

「えーと、つまりそれは、私に多少なりとも好感を持っていると？」

身も蓋《ふた》もないアルマの言い方に、コンラートはわずかに目を見張る。

だがすぐに俯《うつむ》くと、頬《ほお》を赤くして小さく頷いた。

（そっ、そんなの気づくわけないでしょーっ‼　それならもう少し、態度か言葉で示しなさいよーっ！　虫だってもう少し分かりやすい求愛行動とるわよー!?）

内心で盛大《せいだい》に突っ込みつつ、アルマは「で、でも」と反論する。

「初めて一緒に庭を散歩した時、私が顔を見ただけで嫌《いや》がってましたよね？」

「あれは……君があんまりまじまじと見つめてくるから」

「歩く時もずっと距離を取ってらしたし」

「会ってすぐなのに、隣につくのは失礼だと思ったんだ。でも君を置いていくわけにもいかないし……」

「……。あの時外套を脱いだのは……」

「君が寒そうだったから着せようと思って。ただ――」

「ただ？」

「……緊張して、ものすごく汗をかいていたんだ。だから、君に不快な思いをさせてしまうかもと、躊躇《ちゅうちょ》してしまって……」

居心地《いごこち》悪《わる》そうに縮こまるコンラートに、アルマはしばし目をしばたたかせる。

だがついに「あははっ」と噴《ふ》き出した。

「そんなの全然気にしませんよ」

「しかし――」

「それより話しかけても答えてもらえないほうが、よっぽど嫌だったんですけど？」

反撃《はんげき》とばかりにアルマが指摘《してき》すると、コンラートはうっと渋面《じゅうめん》を作った。

「す、すまない。その、嬉しいとか楽しいとか、感情を表すのがあまり得意じゃなくて……。それに俺は、人を怒らせてしまうことが多いから……。だから君に嫌《きら》われないよう、慎重《しんちょう》に言葉を選んでいた。そうしたら、その……」

(そういえば……)

アルマが話しかけた際、コンラートは動きを止めて、何やら険しい顔つきをしていることが多かった。もう少しゆっくり彼の言葉を待っていれば、本当の気持ちが聞けたのかもしれない。

(私も、知らないうちに焦っていたのかも……)

どうやらお互いに誤解していたようだと分かり、なんともいえない空気が流れる。

会話の糸口を探そうとしたアルマは、ふとコンラートが持っていた手帳に目を向けた。

「あの、その手帳、何を書いているんですか?」

「! これは、その」

彼の返事を待つより早く、アルマはひょいと覗《のぞ》き込む。

そこには実物をそっくり写し取ったかのような見事な薔薇の絵と、それについての情報がびっしりと書き込まれていた。

「これって、私が前に名前を聞いた……」

「……あれから庭師《ガーデナー》に教えてもらったんだ。でもまだ勉強が足りなくて……だからこうして、仕事が終わってから庭を回って……」

恥《は》ずかしそうに口を閉《と》ざすコンラートを見て、アルマは苦笑《くしょう》した。

「あの、別に私、正解が知りたかったわけじゃないですよ？」

「そうなのか？」

「なんていう品種だろうねーとか、綺麗だねーとか。コンラート様とただおしゃべりしたかっただけなんです。……でも、わざわざ調べてくださったんですね」

その場しのぎでしかなかった、どうでもいい話題。

でもコンラートは「アルマが興味を持っている」と真摯《しんし》に受けとめ、彼なりになんとか応《こた》えようと努力していたのだろう。

(真面目というか、不器用というか……)

やがてコンラートはしごく真剣《しんけん》な表情で口を開いた。

「アルマ、さっき言っていたとおり、君が好きでここに来たわけではないことは分かっている。俺の態度で不安にさせていたことも」

「あ、ええと、あれはその」

「でも俺は――君と結婚したい」

今度はアルマが面食《めんく》らう番だった。

「ど、どうしてそんな、急に……」

「君が言ったんだろう。言いたいことがあるなら言えと」

「い、言いましたけどぉ……」

（酔《よ》っ払《ぱら》った勢いで叫《さけ》んだだけなのにー！）

いたたまれなくなっているアルマに気づかぬまま、コンラートは訥々《とつとつ》と続ける。

「もちろん、形だけ結婚するのは簡単だ。でも俺は生涯《しょうがい》を共にする人を——その人だけを心から大切にしたい。だから君に少しでも好きになってもらえるよう、これから精いっぱい努力する。だから——」

「うわあああ、ご、ごめんなさい！　も、もういいです！　十分です！」

「しかし——」

「わ、私も！　そう思ってましたから！」

両手のひらを彼の方に向け、アルマは必死に答える。

コンラートはぱちくりと瞬《まばた》いたあと、わずかに眉尻《まゆじり》を下げた。

「君も？」

「出来るなら『好きな人と結婚したい』と思うのは、当然じゃないですか……」

「……そう、だな」

二人の間にあった見えない壁《かべ》がようやく氷解《ひょうかい》した気がして、アルマは赤くなった顔をおずおずと上げる。

星空の下、こちらを見つめるコンラートの青い瞳がとても美しかった。

「……じゃあ明日から、もっとちゃんとお話ししてください」

「ああ」

「好きなものとか、嫌いなものとかも教えてください。私、何も知らないので」

「努力する」

「あと家庭教師をつけてほしいです。公爵家のこと、ちゃんと勉強したくて」

「すぐ手配しよう」

「それから庭の散歩も！　できれば毎日！　花の名前はいつでもいいので……」

「……分かった」

その時、コンラートが初めて微笑《ほほえ》んだ。

それを見たアルマもまた、つられて顔をほころばせる。

（なんだ……この人、ちゃんと笑えるんじゃない）

君と結婚したい。

コンラートのその言葉を、アルマは胸の中で何度も繰《く》り返すのだった。

その日から、二人の関係が少しずつ変化した。

コンラートの感情表現が分かりにくいのは相変わらずだが、アルマは話しかけてしばらく待つ癖《くせ》をつけることにした。結果、彼はぽつりぽつりと自分の考えを聞かせてくれるようになった。

また約束通り家庭教師をつけてくれたので、勉強に取り組めるようにもなった。

それから夕食のあとには、必ず二人で庭を散歩するようにした。

コンラートはあれからさらに調べてくれたらしく、アルマが興味を持った花や木々について事細かに説明してくれた。ただ距離を取ってしまう癖は治《なお》らなかったので、アルマが笑いながら彼の外套を摑《つか》んで引きとめる場面も多々あった。

情熱的な愛の言葉も、強引《ごういん》に抱きしめられることもない。

穏《おだ》やかで平和で、日常の延長線上にあるような。

でも。

（この人となら私、幸せになれるかもしれない――）

そんなことを考えていたある日。

寝支度《ねじたく》をすませたアルマは、侍女からかけられた言葉にぽかんと口を開けた。

「今、なんて……」

「ですので旦那様が今宵《こよい》、こちらにお越しになるそうです」

「こちらって、この部屋よね……？」

「はい！」

どこか嬉しそうな侍女の返事に、アルマは「へええ」と引きつった笑いを浮かべる。

だが心臓は今にも飛び出しそうなほどばくばくだ。

（夜に部屋に来るってことは、つまり――そういうこと⁉）

当のコンラートがあの調子なので、『それ』は結婚後までないと思っていた。

（そりゃ将来的に覚悟はしていたけど⁉　でもやっぱり最初だからちょっと勇気がいるというか、せめて事前に予告をしてほしいけど、されたらされたでずっとそのことばかり考えて過ごすことにならない？　でもいきなりよりはマシっていうかうーん）

とりとめのない思考がぐるぐると脳内を駆《か》け回ると同時に、コンラートのキラキラしい顔と立派な体躯《たいく》が浮かんできて――アルマはたまらず顔を赤くする。

やがて侍女たちが退室し、アルマは肩肘《かたひじ》を張りながらベッドで待機した。

（こういう時、みんなどうやって相手を迎えてるの⁉　いらっしゃいませ？　お待ちしておりました？　いやー多分違うわ……）

　もっと真面目にお茶会で話を聞いておけば良かった、と今さらながら後悔《こうかい》する。

　やがてコンコンとノックの音が響き、アルマは「ぎゃっ」と飛び上がった。

「……俺だ」

「は、ははいっ⁉」

　うわずった声をあげながら扉に駆け寄り、ばたばたと迎え入れる。

　コンラートは部屋に踏み込むと、こほんと改まったように咳《せき》をした。

「その、こんな時間にすまない」

「い、いえ……」

「…………」

「…………」

（な、なんとか言ってー‼）

　初めて経験する緊張感に、アルマは必死に場を和《なご》ませる言葉を探す。

　だが思いつくよりも先にコンラートが口を開いた。

「アルマ。俺は――君の良き伴侶《はんりょ》となれそうだろうか？」

「え？」

「以前、四阿で言っていたこと――」

（四阿……）

酔って本音をぶちまけた夜のことを思い出し、アルマは違う意味で赤面する。

「も、もちろんです!!　あの時は本当に失礼なことを言ってしまったんですけど……。でも今は一緒にいて、結構、楽しいです」

「……良かった」

コンラートの表情がわずかに崩《くず》れ、アルマはほっと胸を撫《な》で下ろした。

「それでその、君さえ問題なければ、婚約のお披露目《ひろめ》式をしようかと」

「お披露目式ですか？」

「もちろんすぐにじゃない。今から大体一カ月後――そこでひとまず内々に、君のことを紹介できればと考えている」

（そっか……私いよいよ、結婚するんだ……）

するとコンラートが布張りの小さな箱を取り出した。

「だからその前に、これを渡しておきたくて」

「これ？」

どこか緊張した様子で、コンラートがゆっくりと蓋を開ける。

中には大きな黒い宝石のついた指輪が輝いていた。

「これって……」

「婚約指輪だ。こちらでは金属を輪にしただけのものが主流だが、君の出身地では出来るだけ大きな石を使ったものが好まれると聞いて……。ならば君の美称《びしょう》にちなんだ黒い宝石がいいと、少し用意に手間取ってしまった」

無表情がデフォルトだったはずのコンラートが、説明しているうちにみるみる顔を真っ赤にしていく。

「このとおり、俺は要領の悪いだめな男だ。でも君を一生——誰《だれ》よりも、大切にする。だからどうか、これを受け取ってもらえないだろうか」

「………………」

再び名状しがたい沈黙が流れたが、今度は居心地《いごこち》の悪いものではなかった。

アルマは小さく口角を上げると、こくりと頷く。

「はい。……私のほうこそ、よろしくお願いします」

「……ありがとう」

その瞬間《しゅんかん》、コンラートの顔に明らかな喜びが滲んだ。

それを目にしたアルマは、ふとこれまでの日々を思い返す。

（最初は無表情で、何を考えているか全然分からなかったけど……）

彼の言葉を待つようにしてから、表情の微妙《びみょう》な変化に気づくことが増えた。

少し口角を上げていたり、眉尻が下がっていたり——コンラート自身が口にすることはないが、以前と比べてずっと心の機微《きび》が分かりやすくなった気がする。

（これからもっと、この人の気持ちを知っていけたらいいな……）

コンラートは台座にはまっていた指輪を引き抜くと、そっとアルマの手を取った。

銀の円環《えんかん》が指にはめられ――

その刹那《せつな》、白い蝶のような影《かげ》が目の端《はし》にふっと走る。

（……？）

次の瞬間、バチチッと強い火花が二人の間で弾《はじ》け散った。

「きゃあっ！」

「っ⁉」

悲鳴に反応し、コンラートはアルマを庇《かば》うように抱き寄せる。

彼の胸板《むないた》に頬が押しつけられ、アルマはますますパニックになった。

（な、何⁉）

原因を確かめようと、アルマは彼の腕の隙間《すきま》から周囲の様子を探《さぐ》る。

絨毯の上には先ほどの指輪が転がっており、あしらわれた宝石がぱっくりと二つに割れていた。おまけに色が真っ白に変色している。

（もしかしてあの指輪が？）

もっと近くで確かめるため、アルマはコンラートから身を離そうとした。

だが何故か、引きとめるようにぎゅっと力を込められる。

「コンラート様、あの、指輪が」

「――アルマ」

（……!?）

蜂蜜《はちみつ》がかかったかのような甘い呼び方に、アルマは思わず体を強張《こわば》らせた。

するとおとがいにそっとコンラートの手が添えられ、くいっと上向きに持ち上げられる。

「ああ……近くで見るとほんとに可愛いね。耳と目と鼻と口すべての配置が完璧だし、髪の毛も極上《ごくじょう》の絹布《けんぷ》のようなすべらかさだし、自分と同じ石鹸《せっけん》を使っているのか疑いたくなるほどかぐわしい香りがする……」

「コ、コンラート様!?」

「ああごめん、少し力を入れすぎたかな。大丈夫《だいじょうぶ》？　きみはどこもかしこも繊細《せんさい》だからね。小さくて華奢《きゃしゃ》なのもいいけれど、もう少しふっくらしても絶対いいと思うな。今度シエフに頼《たの》んで料理の品数を三倍にしてもらおうか」

「コ、ココ、コンラート様？　さっきからいったい何を――」

長い前髪をぐいっとかき上げ、立て板に水のごとくしゃべり始めたコンラートを前に、アルマは次第《しだい》に恐怖《きょうふ》を感じ始めた。

そこで彼の瞳が、青から美しい金色に変わっていることに気づく。

（目の色が違う？　どうして――）

だがアルマが考えを整理する間もなく、コンラートはそのままよいしょとアルマを横向きに抱き上げた。足が宙に浮き、落ちそうになったアルマはたまらず彼の服を摑《つか》む。

「あっ、あの、いったい何を――」

「決まってるじゃない。ベッドに行くんだよ」

「はあっ⁉」

「こんな可愛い子と夜に二人きり。やることと言ったら一つしかないよね」

「ちょっ、ちょっと待ってください⁉　あ、あなたは――」

変わったのは虹彩《こうさい》の色だけではない。

声色《こわいろ》も。性格も。アルマを見つめるその眼差《まなざ》しさえも今までとは全然違う。

例えるならそう――さなぎが蝶になるように、実に多くの昆虫《こんちゅう》が経験する劇的な外見と中身の変化。これはまるで――

（へっ、『変態』だー‼）

アルマは脳内で絶叫《ぜっきょう》したのち、進んでいく先に目を向ける。

そこには完璧に整えられた寝台《しんだい》があり――怯《おび》えた顔のアルマを見下ろしながら、『変態』したコンラートは嬉しそうに金の両目を細めたのだった。

第二章　軟派野郎はお断りですが？

衝撃《しょうげき》の一夜が明け、翌日。

応接室のソファに座っていたアルマは、向かいにいるコンラートの説明を聞きながら分かりやすく眉根《まゆね》を寄せた。

「きみも噂《うわさ》くらいは聞いたことがあるだろ？　『魔法使い』とかさ」

「それはありますけど……。でもあれはおとぎ話では」

「物語のすべてが、想像の産物ではないということさ」

コンラートいわく、王族や一部の高位貴族・富裕層の間でしか知られていないが、古くからそうした不思議な力を持つ存在は『いる』のだという。

ただしその異能《いのう》を守り独占《どくせん》するため、基本表舞台《おもてぶたい》には出てこないらしい。

「でもあの時、部屋には私たちしか……」

「うん。多分ね」

「魔法……？」

「おそらく、この指輪の宝石に仕掛《しか》けられていたんだと思うよ」

そう言うとコンラートは、壊《こわ》れた指輪をテーブルに置いた。

魔法は国ごとにそれぞれ特色があり、顔に着けた仮面に精霊《せいれい》を下ろしてその力を借りたり、器物に魔力を流し込んで用途を広げ、強化させる方法などがあるそうだ。

ここレイナルディアでは、宝石に宿らせることで効果を発揮するらしい。

「ええと、そういうものがあるのは理解しました。それでその、結局コンラート様にかかった魔法ってなんなんですか？」

「そうだな、簡単に言うと……おれの中にある『感情』が『人格』を持つ魔法みたい」

「……はい？」

「喜び、怒《いか》り、怯《おび》え……人は自分の中に、たくさんの気持ちを抱《かか》えている。おれはコンラートの中にあった『喜び』の部分なんだよ」

（いや全然分かんないんですけど⁉）

うーんうーんと頭から湯気を立ち上らせるアルマに対し、当のコンラートはふふっと口元をほころばせた。

「まあまあ、そんなに難しく考えなくても。要はコンラートの別の面って感じかな」

「別の面……？」

「うん。ちょっと性格は違《ちが》うかもしれないけれど、どちらも基本はお・な・じ」

するとコンラートはソファから立ち上がり、アルマの隣《となり》に移動した。

思わず身構えたアルマの顎《あご》に向けて、そっと手を伸《の》ばす。

「――てかきみ、本っ当に可愛《かわい》いよね……」

「コ、ココ、コンラート様？」

「昨日だって、プロポーズのあとだなんて最高のシチュエーションだったのに。きみがあんまり必死に泣《な》き叫《さけ》ぶから、可哀《かわい》そうになってついやめちゃった。まあ、それに関してはこれからじっくり楽しんでいけばいいんだけどね？」

（助けてー‼）

アルマはコンラートの手首をがしっと摑《つか》むと、限界まで距離《きょり》を取って叫んだ。

「と、とにかく！　元《もと》に戻る方法を考えましょう！」

「ええー、おれは別にこのままでもいいんだけどなあ」

「周りの人が驚《おどろ》きます！　そもそも、誰がなんの目的でこんなことをしたのかも分かりませんし……。そうだ、とりあえずクラウディア様とヘンリー様に連絡《れんらく》しないと――」

だがコンラートは「うーん」と眉根を寄せた。

「ヘンリーはやめといたほうがいいんじゃないかなあ」

「どうして⁉」

「だってあの叔父《おじ》さんだよ？　こーんな不祥事《ふしょうじ》知ったら、これ幸いとばかりにおれたちの婚約を潰《つぶ》しにかかるだろうね」

「うっ……」

眼鏡《めがね》を光らせながら威圧《いあつ》してくるヘンリーが容易に想像でき、アルマはぐぬぬと唇《くちびる》を噛《か》みしめた。

「で、でもクラウディア様にはお伝えします。解決法が見つかるまでは周りにバレないよう、以前のコンラート様っぽく振《ふ》る舞《ま》っていただきますからね！」

「えー、せっかくきみと堂々といちゃいちゃできると思ったのにー」

不満げに唇を尖《とが》らせるコンラートを叱《しか》りつけ、アルマは己の額に手を当てる。

(うう……どうしてこんなことに……)

幸せな結婚生活を目前にして、アルマはとんでもない異常事態に巻き込まれたのであった。


翌日、アルマはさっそくクラウディアに宛てた手紙を書いた。が――

「長期旅行中ですって……？」

どうやらかなり遠方に出かけてしまったらしく、しばらく戻らないとの連絡があった。

火急の件であることを伝え、旅先にまで転送してくれるよう依頼したが――はたしていつ返事がくることか。

（お願い、何かトラブルが起きる前に……！）


だがそんな祈りもむなしく、数日経った午後。

アルマは足早に一階にある大ホールへと向かっていた。

その憤懣《ふんまん》やるかたない表情に、すれ違った使用人たちがささっと先を空《あ》けていく。

そのままバァン、と勢いよく大ホールの扉《とびら》を開け放った。

「コンラート様！　これはどういうことですか⁉」

「やあアルマ、遅《おそ》かったね」

黄色いリボンがふんだんに飾《かざ》りつけられたシャンデリア。

同じ色調で揃《そろ》えられたテーブルの上には、可愛らしい花籠《はなかご》を中心に、ケーキやクッキーといった甘いものばかりが所せましと並べられている。

「なんで突然《とつぜん》、パーティーを開くだなんて……」

「だって楽しいだろ？」

「楽しい……」

無邪気《むじゃき》な返事にアルマが呆然《ぼうぜん》としていると、綺麗《きれい》な女性が近づいてくる。

「コンラート様、そちらの方は？」

「ああ。婚約者のアルマだよ」

「まあ、失礼しました。はじめまして」

「は、はじめまして……」

手を差し出され、アルマはおずおずと握《にぎ》り返す。

自分とは真逆の、グラマラスで妖艶《ようえん》な容姿の女性。着ているドレスも、社交界では見たことのない斬新《ざんしん》なデザインだ。

「彼女は昔、父さんがお世話になっていた外商《がいしょう》の娘さんでね。今は自ら外国に赴《おもむ》いて、商品の買いつけなんかをしているんだって」

「コンラート様とは幼馴染《おさななじみ》のような間柄《あいだがら》でして。ただ家業の形態が変わってしまったので、こちらに来るのは久しぶりですが」

「何年ぶりかな。でもきみは相変わらず美しいままだね」

「…………」

美男美女の二人はまさにお似合いで、アルマは無意識に眉根を寄せてしまう。

その後も交流のある公爵家《こうしゃくけ》のご令嬢《れいじょう》、乳母《ナニー》だったという穏《おだ》やかな婦人、小さい頃《ころ》によく遊んでもらったというメイド、厩番《ステイブラー》の娘さん、エヴァハルト邸で修業した女性庭師《ガーデナー》など――身分も家柄《いえがら》も多種多様な女性たちを次々と紹介《しょうかい》された。

そつなく挨拶《あいさつ》しながらも、アルマの内心は複雑だ。

（コンラート様に、こんなにいっぱい女性の知り合いがいたなんて……）

そうしてひとしきり回ったところで、コンラートがまた誰かに呼び出される。

一人になったアルマがげっそりした様子で椅子《いす》に座っていると、最初に挨拶した女性がグラスを手にやってきた。

「大丈夫《だいじょうぶ》ですか？　よろしければこちらを」

「あ、ありがとうございます……」

アルマはグラスを受け取ると、しばらく無言でその中を見つめた。

「なんだか意外でした。コンラート様にその……こんなにたくさん、女性のお知り合いがいたなんて」

「あら、そうでした？」

「社交界にもほとんど顔を出さないって話でしたし、それに――」

「たしかにコンラート様は年を重ねられるにつれ、少し物静かになられたと聞いていますわ。でもお母様が人を呼んでおもてなしするのが大好きな方でしたから、小さい頃はいつもとても楽しそうに同席されていましたのよ。相手の表情やちょっとした話し方の違いにすぐ気づかれる、本当に聡明《そうめい》な少年でした」

「そうだったんですね……」

予想外の答えに、アルマはこっそりコンラートの方を見る。

よほど話が盛り上がっているのか、こちらの視線に気づく様子はなかった。

（なんか、意外……）

その日はなんとか解放され、アルマはやれやれと自室に戻る。

だが翌日も、そのまた翌日も、コンラート主催《しゅさい》のパーティーは続いた。

「あのー……これ、いつまでやるんですか？」

「あれ、楽しくない？」

「そうじゃないですけど、その……どうして、女性ばっかり招待するのかなって」

つい口角が下がるアルマに向けて、コンラートはばちんとウインクする。

「ああ、心配しないで。おれのいちばんはきみだよ！」

（そういう問題じゃねえー！）

以前のコンラートからは想像も出来ないにこやかな笑顔《えがお》を前に、アルマは人知れず怒《いか》りを溜《た》めていくのだった。

そして一週間後。

今日もまた昼間から、着飾《きかざ》った女性たちが邸《やしき》に入ってくるのを目にしたアルマは、苛立《いらだ》ちのあまり着ていたドレスを部屋で脱《ぬ》ぎ捨《す》てた。

青ざめるメイドたちをよそに、実家から持ってきた男物のシャツとズボンに着替《きが》えると、麦《むぎ》わら帽子《ぼうし》を被《かぶ》って勢いよく外に駆《か》け出す。

「あんの『軟派閣下《なんぱ》』がーっ‼」

コンラート邸《てい》の裏手に広がる森の中。

アルマは手にしていたスコップを、折れ曲がりそうなほど握りしめた。

「誰よりも大切にするって言ったの、忘れたのー⁉」

寡黙《かもく》で不器用な、だがアルマに一途《いちず》だった以前のコンラートを思い出し、胸《むね》の奥がぎゅうっと締《し》めつけられる。

（もう知らない！　そっちが勝手にするなら、私も好きにしてやるんだから！）

ずんずんと勇ましく茂《しげ》みの奥へと向かう。

すると木々の向こうに、ガラス張りの大きな建物が見えてきた。

（これ、ここに来た日に馬車から見えた――）

高さは本邸《ほんてい》より少し低いくらい。屋根の一部は半球状になっており、出入り口には頑丈《がんじょう》な鉄扉《てっぴ》が設《しつら》えられている。

（温室？　随分《ずいぶん》立派ね……）

中を確かめたいが、鍵《かぎ》がかかっているのか扉はびくともしない。

うっかり傷つけてはいけないと、アルマは諦《あきら》めてすぐにその場を離《はな》れた。

「さて、気を取り直して――」

適度に薄暗《うすぐら》い木陰《こかげ》を見つけ、しゃがみ込んで木の根元を掘《ほ》る。湿気《しっけ》の多い土はひんやりと冷たく、アルマは馴染《なじ》みのある感触《かんしょく》にほっと息をついた。

（ここの土は栄養も多そうだし、いい子が住んでるかも）

初めて出会う昆虫《こんちゅう》たちを想像し、アルマはふふっと目を細める。

だが先ほど生じた胸の痛みが、すぐに顔を曇《くも》らせた。

（ほんと、どうしてこんなことに……）

いきなり魔法だなんだと言われて。

同じコンラートと説明されても、あまりにも違いすぎる。

（もし、このまま魔法が解けなかったら……。前のコンラート様には、もう一生会えないのかしら……）

鼻の奥がつんと痛み、アルマはぐっと下唇《したくちびる》を噛みしめる。

しかしすぐにぶんぶんと首を振《ふ》った。

「あーもう悩《なや》むのやめやめ！　しょせんお見合い結婚だし、だいたい私、あの人のことそこまで好きだったわけじゃ――」

「えっ、おれのこと好きじゃなかったの？」

「ぎゃーっ⁉」

突然降ってきた言葉に、アルマは叫びながら顔を上げる。

パーティー会場にいるはずの『軟派閣下』がこちらを見下ろしていた。

「ど、どうしてここに……」

「いつまで待ってもきみが来ないからだろ？」

「わ、私がいなくても、大丈夫じゃ……」

自分の気持ちに整理がつかず、アルマはつい言い淀《よど》む。

それを見たコンラートは、「ねえ」とまっすぐにアルマを見つめた。

「さっきの、ちゃんと聞かせて。おれのこと——好きじゃない？」

「……正直、よく分かりません」

「そっか。じゃあ、前のおれは好きだった？」

「…………」

あの晩、四阿《あずまや》で。優しく輝《かがや》いていたコンラートの青い瞳《ひとみ》が脳裏《のうり》に甦《よみがえ》る。

そんなアルマを見つめていた『軟派閣下』は、やがて小さく息を吐《は》き出した。

「そっか。……妬《や》けるなあ」

「えっ？」

「決めた。要は以前のおれより、好きになってもらえばいいんだよね？」

「そ、それはどういう……」

コンラートはにこっと笑うと、すっと片手を差し出した。

アルマが手を取るのをためらっていると、コンラートがふと小首を傾《かし》げる。

「ところで、こんなところで何してたのかな?」

「えっ⁉ ええとその、か、花壇《かだん》を作ろうかなーと……」

「花壇? それなら庭師に頼《たの》めば――」

「じ、自分でやりたかったんです!」

ストレスが限界突破《とっぱ》して昆虫採集してました、などと打ち明ける勇気はない。

ひやひやしながら反応を窺《うかが》っていたアルマに対し、コンラートは柔《やわ》らかく微笑《ほほえ》んだ。

「そっか。まあ広さだけは嫌《いや》というほどある庭だから、好きなところに作るといいよ。ただ掘り起こしちゃいけない場所もあるから、先におれか庭師に聞いてね。それより――その格好もすごく可愛いね」

「えっ?」

「シンプルだけど良く似合ってる。きらびやかなドレスも素敵《すてき》だけど、そういう姿も新鮮《しんせん》でときめいてしまうな」

すると『軟派閣下』は泥《どろ》だらけのアルマの手をやや強引《ごういん》に取った。

それを見たアルマはすぐさま離そうとする。

「ん? どうかした?」

「わ、私の手、いま泥まみれで……」

「そんなの全然気にしないで。それとも、おれとは手を繋《つな》ぐのも嫌?」

「い、いえ……」

「良かった」

コンラートはそう言うと、アルマの手を引いて迷いなく歩いていく。

アルマはその背中を見つめながら、意外そうに何度も瞬《まばた》いた。

(令嬢らしくない、とか、言わないんだ……)

あれだけ憤慨《ふんがい》していたはずなのに。

アルマの中にあったもやもやは、いつの間にかすっかりなくなっていた。


その後、パーティー三昧《ざんまい》の日々はあっけなく終了《しゅうりょう》した。

アルマに気を遣《つか》ったのか、コンラートが飽《あ》きたのかは分からない。

夕食を終えて自室へ戻ったアルマは、立派なナイトドレスを侍女《じじょ》たちに着せてもらうと、そっとベッドに腰《こし》かける。

(私……どうしちゃったのかしら)

『軟派閣下』はアルマが嫉妬《しっと》するようなことを平気でするし、口にする言葉もどこか適当で、とても好きにはなれないと思っていた。でも――

(汚れた手を迷いなく握ってくれた。それに服装だって……)

改めて手のひらを見つめる。

彼の大きな手の感触がぼんやりと甦《よみがえ》ってきて、アルマは思わず頬《ほお》を赤らめた。

すると突然、コンコンというノックの音が響《ひび》く。

「はい、どなたですか？」

「おれだよ、コンラート」

「コンラート様!?」

アルマはバッタのようにぴょんと跳《は》ね上がると、急いで部屋の扉を開けた。

そこにはシンプルな夜着にガウンをまとったコンラートが立っている。

「こんばんは。入ってもいいかな？」

「ど、どうぞ……」

部屋に入ったコンラートはしばし興味深く室内を見回したあと、当然のようにアルマのベッドへ腰を下ろした。ぽかんとするアルマに向けて、ぽんぽんと自身の隣を手で叩《たた》く。

「どうしたの？　座りなよ」

「えっ、そ、そこにですか？」

「うん。おいで？」

有無《うむ》を言わさぬ迫力《はくりょく》で言われ、アルマはぎくしゃくと彼に接近する。

ことさら慎重《しんちょう》に腰を下ろしたところで、コンラートがゆっくり切り出した。

「この前はごめんね」

「え？」

「おれが女の子たちを招待したの、嫌だったんでしょ？」

「べ、別に……」

「あれ？　てっきりヤキモチ焼いて逃げ出したんだと」

「ち、違います！　あれはその、ちょっと気分転換《てんかん》しようとしただけで」

にやにやしているコンラートを前に、アルマは意地になって反論する。

そんなアルマに、コンラートがふと眉尻《まゆじり》を下げた。

「あの時、一人で裏庭にいるきみを見て……もしかしたら、すごく傷つけてしまったのかもしれないって反省したんだ。でも同時に――嬉《うれ》しかった。ああ、ちゃんと『おれ』を見てくれていたんだ。まったくの無関心ってわけじゃなかったんだって」

「そ、それは……」

即座《そくざ》に否定できず、そのまま俯《うつむ》く。

それを見たコンラートが、そっとアルマの頬に手を伸ばした。

「コ、コンラート様？」

「前のおれとはまるっきり違うかもしれない。でも、きみに好きになってもらえるよう、精いっぱい努力する。だから――」

コンラートの顔が迫《せま》ってきて、アルマはびくりと身を強張《こわば》らせる。

（こ、これって、もしかして……）

嫌な相手なら突き飛ばしてでも逃げるところだが、なにせ相手は婚約者。

キスの一つや二つ求められても、おかしなことではない。

だが次の瞬間《しゅんかん》——アルマは両腕《りょううで》を伸ばして、彼の体を押し返していた。

「……アルマ？」

「ご、ごめんなさい……。でもあの、やっぱり、違うというか……」

「……おれもコンラートだよ？」

「分かってます！　分かっているんですけど、でも——」

続きを口にしようとした途端《とたん》、アルマの目からぽろりと涙《なみだ》が零《こぼ》れた。

どうして泣いているのか、自分でもよく分からない。

（どうしよう、私——）

するとコンラートは親指の腹で、アルマの濡れた眦《まなじり》を軽く拭《ぬぐ》った。

「ごめん。ちょっと意地悪だったね」

「………」

「でも、あいつのことを思い出した時、きみがすごく切なげだったから——」

コンラートはわずかに苦笑《くしょう》すると、そのまま優《やさ》しくアルマの髪に触《ふ》れる。

「ねえ、お願いがあるんだけど」

「な、何ですか？」

「あいつより、おれのことを好きになってくれないかな」

いきなりの申し出に、アルマは疑問符《ぎもんふ》を浮《う》かべる。

「あいつよりって……そもそも同じコンラート様では？」

「まーそれはそうなんだけどー。でも同じとはいえ婚約者がおれ以外の男のほうが好きだなんて、なんかムカつくというか」

するとコンラートは、一方の腕《うで》をするりとアルマの腰に回した。

そのままもつれるようにして、二人揃ってベッドにどさりと倒《たお》れ込む。

「あ、あの⁉」

「安心して。ただ一緒《いっしょ》に寝《ね》るだけ。婚約者なんだからいいだろ？　これでおれの好感度が上がるかもしれないし」

「上がりませんけど⁉」

だがコンラートはアルマを腕の中に閉じ込めたまま、瞼《まぶた》を閉じてしまった。

必死に抵抗《ていこう》するが、くすぐったそうに笑うだけでびくともしない。

（だから！　どっちも同じコンラート様って言ってたのに、どうして自分の中で張り合う必要があるわけ⁉）

やがて燭台《しょくだい》の蝋《ろう》が尽《つ》きたのか、あたりがふっと暗くなる。

月明かりが室内を照らす中、コンラートの穏やかな寝息《ねいき》が聞こえてきた。

「まさか……本気で寝ちゃったの……？」

こちとら異性との初めての同衾《どうきん》で、目がばっちり冴《さ》え渡《わた》っているというのに。

「ちょっと、起きなさいよ！　寝るなら部屋に帰って一人で寝なさいよ！　って……どうして腕が外れないのよーっ!!」

なんとか抜《ぬ》け出そうとするが、腰に回された腕はがっちりと固定されている。

寝ている状態でどうしてここまで力が強いのか。

「もういやーっ!!」

一定のリズムで髪に当たるコンラートの呼気。

そして見た目以上にがっしりしている、男性らしい体つきをまざまざと実感してしまい――アルマはとにかく情報を減らそうと、必死になって目を瞑《つぶ》り続けるのだった。

翌朝、アルマはゆっくりと瞼を持ち上げた。

（……いつの間にか、寝ちゃってたみたい）

すぐに起き上がろうとしたが、腰のあたりにコンラートの腕が巻きついている。

「コンラート様、朝ですよ！　いい加減に離してください！」

「……ん、……」

コンラートの目が緩慢《かんまん》に開かれる。

だがそこに現れたのは金色ではなく、エメラルドのような緑色の瞳。

驚いたアルマはその虹彩《こうさい》をまじまじと見つめてしまう。

（……また、違う色になってない？）

すると覚醒《かくせい》したコンラートが突然、眉間《みけん》に深い縦皺《たてじわ》を刻んだ。

「なんですか、あなた。人のベッドで」

「……は？」

「ああ、違うな、あいつか……。くそっ、あの『馬鹿』が……」

（い、いったい何が起きてるの？）

昨晩のコンラートとは別人のようなその口ぶりに、アルマは目を白黒させる。

だが彼はそんなアルマをベッドから乱暴に担《かつ》ぎ出すと、そのまますたすたと扉の方へと向かった。廊下《ろうか》に放り出し、不機嫌《ふきげん》を全開にしたまま冷たく言い捨てる。

「わたしはもう一度寝ます。人がいると熟睡《じゅくすい》できないので出ていってください」

「で、でもここ、私の部屋――」

「では」

緑の瞳のコンラートはそれだけ告げると、そっけなく扉を閉めてしまった。
一人廊下に取り残されたアルマは、何度も目をしばたたかせる。
(何？　……というか、誰⁉)
またも変態したコンラートに、アルマはただただ呆然とするのだった。

第三章　真面目すぎるのも問題ですが？

「ですからわたしもコンラートです」

「はあ……」

応接室を訪《おとず》れたアルマは、向かいの席でふんぞり返るコンラートを前に、気の抜《ぬ》けた相《あい》槌《づち》を打つことしか出来なかった。

ちなみにここに呼び出された時点で、彼は何故《なぜ》か眼鏡《めがね》をかけていた。元々のコンラートも視力が悪かったのだろうか。

「そもそも、生み出された人格が一つだと言った覚えはありませんが？」

「そ、それはたしかに……。ええとつまり、今のコンラート様も、なんらかの感情の一つということでしょうか？」

「わたしは『怒《いか》り』。ふがいない周囲に対して憤《いきどお》っています」

（なんとなくそんな気はした……）

昨日までのコンラートと区別するなら、生真面目《きまじめ》な『眼鏡閣下』というところか。

猛禽類《もうきんるい》を前にしたカブトムシよろしく固まっていると、コンラートは緑色の瞳《ひとみ》で冷たくアルマを睨《にら》みつける。

「言っておきますが、わたしはあなたのこと、全然好きじゃありませんから」

「えっ⁉　で、でも、昨日までのコンラート様は……」

「他の人格がどう思っているかなんてわたしには関係ありません。わたしには父から受《う》け継《つ》いだエヴァハルト領と、この家を守る責任がある。結婚は必要なものだと理解していますが、そこに互《たが》いの感情がどう介在《かいざい》するかには一切《いっさい》興味ありません」

「そ、そんな……」

困惑《こんわく》するアルマをよそに、コンラートはさっさとソファから立ち上がった。

「あの『馬鹿』が連日遊び惚《ほう》けていたせいで仕事が大量に溜《た》まっています。もういいですか？　今後わたしに用がある時は執事長《しつじちょう》を通してください。けっして無駄《むだ》な時間を取らせないように」

「わ、分かりました……」

そう言うとコンラートは応接室を出ていってしまった。

一人取り残されたアルマは、膝《ひざ》の上に置いていた両手をぐっと握《にぎ》りしめる。

(好きじゃない、かあ……)

あの『眼鏡閣下』もコンラートの一部であるというなら。

それもきっとまた、彼の本心なのだろう。

（そりゃあ『私の全部を好きになって』なんて言えないけど……）

新しい人格が出てきただけでパニックなのに、これまでのコンラートと過ごしてきた日々までもが否定されてしまった気がして――

「結構、傷つくなあ……」

コンラートのことが、また分からなくなってしまった――と、アルマはぐすっと洟《はな》をすするのだった。


それから数日が経過したが、コンラートは依然《いぜん》『眼鏡閣下』のままだった。

どんよりとした曇《くも》り空《ぞら》の下、邸《やしき》の裏手で草むしりをしていたアルマは土だらけになった手をぱんぱんと叩《たた》く。

（あれからずっと自分の部屋にこもりっきり……大丈夫《だいじょうぶ》なのかしら？）

どうやら相当仕事熱心な人格らしく、朝から晩まで食事の時間以外は机に向かっている。

（仕事と私、どっちが大事なの―なんて言うつもりはないけど、このままずっとこんな感じで家庭を顧《かえり》みなくなったらどうしよう……）

実際、これまで習慣となっていた庭の散歩がなくなり、そのうえ家庭教師との時間を半分以下にまで減らされてしまっていた。

聞けばあらかじめヘンリーから「婚約者に勉強はさせなくていい」と指示されていたらしく、以前のコンラートたちはアルマが望んだから、特別に手配してくれていたそうだ。

新しい人格になったことで、そのルールが元《もど》に戻ったということらしい。

結果アルマは土いじり――もとい、昆虫《こんちゅう》探しで時間を潰《つぶ》している。

(本当は一刻も早く魔法を解きたいんだけど……)

だがクラウディアに出した手紙の返事はまだ来ていない。

手当《てあ》たり次第《しだい》、周囲に聞いてみることも考えたが、うっかりヘンリーの耳に入ったら大変だ。

(とりあえず今は、魔法のことがバレないようにしないと……)

額の汗《あせ》を拭《ぬぐ》い、やれやれとその場で立ち上がる。

するとアルマの眼前を、大きな青い蝶《ちょう》がふわっと通り過ぎた。初めて目にするその姿に、アルマは唇《くちびる》をわなわなと震わせる。

(アグリアスって子に似ていたけど、特徴的《とくちょうてき》な赤褐色《せっかっしょく》の帯がなかったし……それに前翅《ぜんし》長《ちょう》も四十、いえ五十ミリはある……。あれはまさか……)

即座《そくざ》に『エーディン』という希少な蝶の名前が浮《う》かんだ。

青い翅《はね》が特徴的な、エヴァハルト地方でしか見られない大型種だ。幼虫・さなぎの期間が長く、逆に成虫になると一週間ほどで命を落とす。その生態もあって、図鑑《ずかん》にはスケッチ程度のイラストしか記載《きさい》されていなかった。

(もしかしたらとは思ってたけど、本当に会えるなんて……！)

アルマははやる気持ちを抑《おさ》え、急いであとを追いかける。

蝶《エーディン》はひらひらと上下しながら、そのまま庭の奥にある囲いの向こうに行ってしまい——そこでアルマはすぐに足を止めた。

「ここって……お墓？」

踵《かかと》を上げてそうっと覗《のぞ》き込んでみる。囲いの奥には文字が彫《ほ》られた白い石がいくつも並んでおり、踏《ふ》み込むのはさすがにためらわれた。

そこにメイドの一人が現れ、アルマに声をかける。

「アルマ様、そろそろ夕食のお時間でございます」

「ありがとう、今行くわ」

(……残念。まあでも、また会えるかしら)

泥《どろ》のついたシャツとズボンを脱《ぬ》ぎ、華《はな》やかな夜の装《よそお》いへ。

食卓《しょくたく》にはすでにコンラートが着座しており、遅《おく》れてきたアルマを睨みつけた。

「いつまで待たせるんですか。わたしは忙《いそが》しいんです」

「も、申し訳ありません」

「時間が惜《お》しい。早く給仕を」

アルマが急いで向かいに腰《こし》かけると、慌《あわ》ただしく夕食が始まる。

使用人たちもここ数日のコンラートの著《いちじる》しい変化に、戸惑《とまど》いを隠《かく》せないようだった。

（この前の『軟派《なんぱ》閣下』のこともあるし、そりゃびっくりするわよね……）

食事中も、カチャ、とカトラリーを動かす音だけが響《ひび》く。

沈黙《ちんもく》に耐《た》えかねたアルマは、勇気を出してコンラートに尋《たず》ねてみた。

「あの、お仕事のほうはいかがですか？」

「いかが、とは？」

「毎日随分《ずいぶん》根を詰《つ》めているようですから、無理されてないかなと」

「あなたには関係ないことです」

終《しゅう》――了《りょう》――という文字の幻覚《げんかく》が二人の間を通り過ぎ、アルマは思わず半眼になる。

これ以上話を続ける気にもなれず、切り分けた肉をさっさと口に運んだ。

（今までなら、こんな言い方はしなかったのに……）

不器用なコンラートであれば、ゆっくりでもちゃんと説明してくれただろう。

『軟派閣下』なら「きみが心配してくれるなら、もう今日は休もうかな」と言って早々に切り上げる姿が想像できる。

（本当に別人だわ。とても同じコンラート様とは思えない……）

がっかりしたアルマは八つ当たりをするかのように、付け合わせの野菜にフォークを突っ刺《さ》すのだった。


だがその後も『眼鏡閣下』の過重労働ぶりは変わらなかった。

食事の時間すら惜しいのか、今日の昼はついに食堂《ダイニング》にも現れない始末。

聞けば執事長たちが手を貸そうとしても「他人は信用なりません」と突っぱね、たった一人ですべての仕事を抱《かか》え込んでいるらしい。

（まさか……ここまで仕事人間だったなんて……）

あの若さで公爵位《こうしゃくい》を継ぐプレッシャーは相当なものだろう。

領地やそこに住む人々を大切に思う気持ちも分かる。

でも――

（……それを支え合うために、結婚ってするんじゃないの？）

アルマの知る夫婦《ふうふ》――父と母はまさに戦友のような関係であった。

領地のことは父が采配《さいはい》し、家内のことは母が取り仕切る。

貴族たちの多くはそうした役割分担をして、家を切り盛りしているはずだ。

（『婚約者《わたし》』は形だけだから、その必要もないってこと……？）

アルマはしばし懊悩《おうのう》していたが、すぐに顔を上げ、コンラートの部屋へと向かった。

するとそこで、扉《とびら》にへばりついている使用人たちに遭遇《そうぐう》する。

「えっと……みんな、そこで何をしているの？」

「あっ、アルマ様！　実はその、旦那《だんな》様が何も答えてくださらず……」

「なんですって？」

まさかの報告に、アルマは慌てて扉に駆《か》け寄《よ》った。

耳を張りつけて中の様子を探《さぐ》るが、物音一つしない。

「鍵《かぎ》は？　執事長なら持っているでしょう」

「それがその、少し前に『仕事に集中したいから』と旦那様ご自身で別の鍵をつけてしまわれて……。中からしか開けることが出来ないのです」

（なーにやってんのあいつは……）

執事長と話している間にも、使用人たちの視線が自然とアルマに集中する。

それに気づいたアルマは、ひくっと片頬《かたほお》を持ち上げた。

（もしかして……私になんとかしろと？）

たしかに彼らがコンラートの不興《ふきょう》を買えば、最悪クビを言い渡《わた》される可能性がある。

その点アルマであれば、まだ『婚約者』としての立場がある――が。

（あの『眼鏡閣下』のことだから、そんなの関係なく追い出されそう……。そもそも私が何か言ったところで、どれだけ効果があるのやら……）

だが何も反応がないとなれば、これはいよいよ非常事態だ。

アルマは「はあ」と大きく息を吐《は》き出すと、まっすぐ扉の前に立った。

（……これはもう、遠慮《えんりょ》している場合じゃないわね）

どうせ何をしても嫌《きら》われているのだ。

吹っ切れたアルマは、すぐさま気の強い『女主人』に擬態《ぎたい》した。

「悪いけど誰《だれ》か、薪割《まきわ》り用の手斧《ておの》を持ってきてくれる？」

「て、手斧《フットマン》ですか？」

若い男性使用人が慌てて指示に従う。

アルマは「ありがとう」と受け取ると、両手でその柄《つか》を握りしめた。

（人命が、最優先よ！）

心の中でそう叫《さけ》ぶと、アルマは一気に手斧を振《ふ》りかぶった。

普段楚々《ふだんそそ》としているアルマの勇ましい暴挙に、近くにいた使用人たちはもちろん、遠くから様子を見ていたメイドたちも揃《そろ》って大きく口を開ける。

やがて木製の重厚《じゅうこう》な扉がばきっと音を立てて割れ、執事長が「あああっ」と悲痛な声をあげた。アルマは手斧を床《ゆか》に置くと、さっさと中に踏み込む。

「コンラート様、失礼いたします！　お加減は——」

そこで目にしたのは、執務机《しつむづくえ》に突《つ》っ伏《ぷ》したコンラートの姿だった。

一気に全身の血の気が引き、アルマは慌てて駆け寄る。

彼の口元に手を当てると、呼気がわずかに手のひらにかかった。

（――大丈夫、息はしてる。でも意識がないし顔が真っ青、それに全身が燃えるように熱い……）

騒然《そうぜん》とする使用人たちに向けて、アルマは素早く指示を出した。

「すぐにお医者様を呼んでちょうだい！　男の人はベッドに運ぶのを手伝って。他の人は暖炉《だんろ》に火を入れて、毛布とお水を！」

「は、はいっ!!」

命令に従い、使用人たちが一斉《いっせい》に動き出す。

コンラートが続き部屋にあるベッドに運ばれていくのを見守っていたアルマは、彼が直前まで仕事をしていたであろう机の上に目を向けた。

（すごい量……。まさかこれを一人でやってたの？）

領地や領民からの報告。陳情《ちんじょう》。農作物の生産管理に河川《かせん》の治水《ちすい》。王宮への各種申請といった難しい仕事。

かと思えば簡単な礼状の作成や、本来執事長に任せるような使用人の監督《かんとく》業務まで――膨大《ぼうだい》な書類と開いたままの資料を前に、アルマはこくりと息を呑《の》む。

ようやく少し落ち着いた頃《ころ》、執事長が恭《うやうや》しく頭を下げた。

「手遅《ておく》れになる前で本当にようございました……。使用人一同、アルマ様のご英断に感謝いたします」

「こちらこそ。……ずっとあなたたちに任せてばかりで、ごめんなさいね」

「アルマ様……！」

いつの間にか、使用人たちの眼差《まなざ》しがこれまでの『可憐《かれん》な令嬢《れいじょう》』から『未来の女主人』を見るものへと変化していた。

彼らをそれぞれの持ち場に返したあと、コンラートが眠《ねむ》るベッドの傍《そば》に歩み寄ったアルマは、ようやくへなへなとしゃがみ込む。

（ほ、ほんとに良かったー！）

不安そうな使用人たちを前に、『女主人』である自分がおろおろしてはいられない——と必死に擬態し続けていたが、倒《たお》れたコンラートを目にした時は、本当に心臓が止まるかと思った。

実際、旦那が仕事ばかりして早世《そうせい》し、若くして後家となってしまった女性など社交界ではよくある話だ。

あらためて胸を撫《な》で下ろすと、コンラートが眠るベッド脇《わき》の椅子《いす》に腰かける。

そこでサイドテーブルに置かれた一冊の本を見つけた。

かない。


（これ……恋愛小説？）

とにかく甘い描写《びょうしゃ》が売りで、多くの女性ファンがいるシリーズもの。

だがそれゆえ男性からは敬遠されがちで、コンラートが読んでいる姿はとても想像がつかない。


（好きなのかしら？　ちょっと意外……）

小さく微笑《ほほえ》んだあと、アルマはコンラートの手をそっと握りしめる。

やがて意識が戻ったのか、彼がゆっくりと目を開けた。

「……？」

「あ、目が覚めました？」

覚醒《かくせい》直後のためか、コンラートはぼんやりとした視線をアルマに向ける。

手を握られていることに気づくと、不快そうに眉根《まゆね》を寄せながら上体を起こし、枕元《まくらもと》に置いてあった眼鏡をかけた。

「……これはどういう状態ですか？」

「仕事中、倒れてらしたんですよ。だから扉壊《こわ》して入っちゃいました」

「扉……」

それを聞いたコンラートは、呆《あき》れたように「はあーっ」と頭《かぶり》を振った。

「無茶苦茶だ……。普通《ふつう》そこまでします？」

「まあ、私嫌われているみたいだから、何しても今さらかなって」

「………」

目を覚ました姿を見てほっとしたせいか。

はたまたお互いを隔《へだ》てていた扉を物理的に壊したからか。

アルマはここに来るまでに考えていたことを、はっきりと口にした。

「あの、もう少し私に頼《たよ》ってもらえませんか？」

「は？」

「この土地と、お父様から受け継いだ家を守ろうとする気持ちはよく分かります。でも何もかも一人で背負《せお》い込むには、さすがに限界があると思うんです」

それを聞いたコンラートは「ふっ」と鼻で笑った。

「冗談《じょうだん》を。これくらい大したことではありません」

「でも現にこうして倒れたわけですし……」

「ちょっと油断しただけです。大体あなたに何が出来るんです？　どうせわたしに万一のことがあれば婚約者としての立場が危《あや》うくなるから、気遣《きづか》う素振《そぶ》りをしているだけなんでしょう？」

「違います、私は本当に」

「心配しなくても、ころころ婚約者を替《か》えられては面倒《めんどう》ですから叔父上《おじうえ》に言いつけたりはしませんよ。もういいですか？　分かったらそこをどいてください。すぐに仕事に戻らないと――」

コンラートはうんざりした様子でベッドから下りようとする。

それを見たアルマは片手を大きく開くと、彼の額をがっと摑《つか》んで枕に押し戻した。

当然コンラートは驚愕《きょうがく》する。

「なっ⁉　あなた、何を――」

「あーもーあったまきた‼　さっきから人の話全っ然聞かないし！　えーそうですよ！　たしかに私はあなたと対立するのが怖《こわ》くて、今まで何も言ってこなかった臆病者《おくびょうもの》ですよ！　でもここに来たのは、本当にあなたが心配だったからです‼」

「っ……！」

頭を手でがっちりと固定され、コンラートは居心地悪《いごこちわる》そうに目を泳がせる。

しかしアルマの腹の虫は収まらない。

「地面に巣を作るアリ、分かります？」

「……アリ？」

「彼らは巨大《きょだい》な巣を維持《いじ》するため、きちんと役割分担をしています。頂点に女王アリがいて、兵隊アリがいて、働きアリがいて……逆にいえば大きな集団であればあるだけ、単体では生きていけないという意味でもあるんです」

「虫なんかと一緒《いっしょ》にしないでください。わたしは一人でもちゃんと——」

「ぶっ倒れておいて、何が『ちゃんと』ですか」

「ぐっ……」

「家長のあなたが倒れたら、この家は一気に崩壊《ほうかい》してしまいます。だから——私にもお手伝いをさせてほしいんです」

「あなたに？」

怪訝《けげん》そうなコンラートを見下ろしながら、アルマは得意げに笑った。

「会食の手配、お礼状の代筆、冬季の備蓄《びちく》に関しては実家で担《にな》っていましたし、使用人たちにもちゃんと目を配ります。全部が全部、コンラート様お一人でこなす必要はないんです。あなたを支えるために私や、みんながいるんですから」

「………………」

そう言うとアルマは、ようやく彼の額から手を離《はな》す。

コンラートはしばらく頭上の天蓋《てんがい》を見つめていたが、眼鏡を外し、もう一方の手で目元を覆《おお》い隠すと、ぽつりぽつりと話し始めた。

「……ヘンリー叔父上から、言われていたんです」

「……？」

「あなたは他人だ。いつ婚約を破棄《はき》して、いなくなるか分からない。だから家のことを任せてはいけない。勉強も。余計な負担をかけてはいけない。仕事はすべて、当主であるわたしがこなすべきだと――」

それを聞いたアルマは、彼が憤っている理由がようやく分かった気がした。

（この人……『真面目』すぎるのね）

誰にも頼れない。

誰にも迷惑《めいわく》をかけられない。

でも父親から受け継いだ、大切な領民と領地をなんとしてでも守りたい。その焦燥《しょうそう》が強い『怒り』となって、周りの人たちを遠ざけてしまった。

「だからあなたが……こんなに怒《おこ》るなんて、思いませんでした」

「怒ったんじゃありません。叱《しか》ったんです」

「同じ意味では？」

「違います。私はあなたに、もっと自分を大切にしてほしかったんですよ」

「…………」

アルマの言葉に、コンラートはしばし唇を引き結ぶ。

だが目元を覆っていた手をどかすと、呆れたように苦笑《くしょう》した。

「そうか……わたしは、叱られていたんですね……」

「な、なに笑ってるんですか」

「いえ。……言葉が変わるだけで、こうも気持ちが違うものかと」

（……？）

いきなりくだけた笑《え》みを見せられ、アルマは何故かどぎまぎしてしまう。

やがて思うところがあったのか、コンラートが口を開いた。

「今回、自己管理が甘かったことは認めます」

「はい。……それから？」

「今後はあなたにも、仕事を手伝っていただくようにします。もちろん、執事長や使用人たちにも」

満足げに頷《うなず》くアルマを前に、コンラートは「はあ」とため息をつく。

再度眼鏡をかけながら、彼はふとアルマに尋ねた。

「ところで、なんで『アリ』だったんですか？」

「え？」

「わたしを叱るのに、どうしてわざわざアリを例えに出したのかと」

「え、えーと、それは……」

だめだ。

普段から昆虫のことばかり考えているせいで、うっかり漏《も》れ出てしまった。

なんとかごまかそうと、アルマはとっさにサイドテーブルにあった本の話を持ち出す。

「き、昨日読んだ本に、たまたまそんな話が載《の》ってたんです！　そういえばコンラート様も読書がお好きなんですね！」

「はい？」

「だってそこに――」

だが指さすよりも早くコンラートが、がばっとベッドから飛び起きた。

びっくりするアルマの腕《うで》を掴むと、そのまま寝室《しんしつ》の外へと追い立てる。

「いいからもう出ていってください」

「え⁉　でもまだお医者様が」

「わたし一人で応対出来ます。だからとっとと帰ってください」

（さ、さっきまでの殊勝《しゅしょう》さはどこに⁉）

コンラートはアルマを扉の向こうに押し出すと、「そういえば」と眼鏡のブリッジを上げながら言い加えた。

「あなたさっき、わたしに『嫌われている』と言っていましたが……別にわたしは、あなたのことが嫌いなわけではありませんから」

「え？　でも、前に私のことなんて『全然好きじゃない』って」

「『好きじゃない』と言っただけです。……嫌いとは、言っていません」

では、とコンラートはばたんと間仕切り扉を閉めた。

一人追い出されたアルマは、何度も瞬《まばた》きながら彼の言葉を反芻《はんすう》する。

（好きじゃないけど、嫌いでもない……どういうこと？）

アルマは首を傾《かし》げながら、一人とぼとぼと自室へと戻るのだった。


そして翌日。

ベッドで起床《きしょう》したアルマの耳に、せわしないノックの音が飛び込んできた。

寝《ね》ぼけ声で応じると、侍女《じじょ》がすぐさま部屋に入ってくる。

「朝早くに申し訳ございません！　実はその、ヘンリー様がお越《こ》しになられてまして……」

「ヘンリー様が⁉」

「は、はい……。なんでもメイドの一人がここのところの旦那様の様子を心配し、こっそりヘンリー様に報告したそうなのです。そうしたら詳《くわ》しく事情を聞きたいと、つい先ほどこちらに……」

（ま、まずい……！）

アルマは寝間着《ねまき》を脱ぎながら、侍女にコンラートの居場所を尋ねた。

「コンラート様は⁉　まさかもうヘンリー様のところに――」

「い、いえ。それがまだ、お目覚めになられていないらしく……」

「目覚めてない⁉」

「何度も外からお声がけしているのですが、いっこうに返事がなく……。執事長からアルマ様をお呼びするよう指示が……」

（まさか、体調が悪化したんじゃ――）

ドレスに着替《きが》えたアルマは、すぐさまコンラートの部屋へと向かう。

昨日破壊《はかい》した扉は簡単に補修されており、廊下《ろうか》には昨日同様、執事長や使用人たちが集まっていた。

駆けつけたアルマの姿を見つけると、皆《みな》ぱあっと安堵《あんど》の表情を浮かべる。

「中の様子は？」

「それが何も……もしやまた意識を失っておられるのでしょうか？」

「アルマ様、手斧をお持ちしましょうか⁉」

「いや、それはあくまで最終手段だから」

しばらく聞き耳を立てて様子を窺《うかが》っていたアルマだったが、ダメ元で扉の取っ手に手をかけた。するとぎいっ、とあっけなく扉が開く。

「……開いているみたいだけど」

「ええっ⁉」

失礼します、と言いながらアルマは中に入る。

幸い執務机にその姿はなく、昨日の悪夢再びとはならなかった。

「コンラート様？」

やはりまだ寝ているのか、とベッドのある隣室《りんしつ》へと移動する。

黒い天蓋から同色のカーテンが下がる豪華《ごうか》な寝台《しんだい》の上には、大きく盛り上がった毛布の山があり、アルマはそうっと近づいた。

「コンラート様、起きてください！　ヘンリー様がいらしてるんです」

「…………」

アルマの呼びかけに、もぞりと布の塊《かたまり》が動く。

起きてるじゃない、と苛立《いらだ》ったアルマはそのまま毛布の端《はし》を両手で摑《つか》んだ。

「もうっ、いい加減に――」

ばさっと勢いよく毛布を引きはがす。

その瞬間《しゅんかん》、下から「ひいいっ！」と怯《おび》え切った声が響いた。

「……コンラート様？」

「ご、ごめんなさい、ごめんなさいいい！　聞こえていたんですけど、その、どうしても怖くて……っ！」

めくった毛布から現れたのは、握った拳《こぶし》を口元に当てて震《ふる》えるコンラート。

その瞳は緑から、果実のような深紅《しんく》に変化していた。

(これって……もしかして……)

『軟派閣下』でも『眼鏡閣下』でも、本来の不器用コンラートでもない。

「もしかして……新しいコンラート様、ですか?」

「は、はい……。おそらく、そういうことになります……」

(どーすんのようぅ……)

赤い目を涙《なみだ》で潤《うる》ませるコンラートを前に、アルマは夢なら覚めてほしいと願った。

第四章 怖い叔父様と一騎討ちですか？

「風邪《かぜ》？」

「そ、そうなんですぅ～」

応接室のソファに座っていたヘンリーは訝《いぶか》しむように首を傾《かし》げた。

貞淑《ていしゅく》な貴婦人に『擬態《ぎたい》』したアルマは、それを見てほほ、と口元を手で隠《かく》す。

だがその内心では、コンラートへの罵詈雑言《ばりぞうごん》を垂れ流していた。

（あんの『気弱閣下』ー！　なんでもいいからとっとと出てきなさいよ！　おかげで私一人で応対しないといけなくなったじゃないー!!）

今朝になって、コンラートにまたも新しい『人格』が発現した。

当人いわく――今度は『怯《おび》え』の感情が人としての性格を持ったらしい。

それはいいのだが。

「分かりました、分かりましたから！　とにかく早く準備をしてください！」

「む、無理です‼　だって今来てるのって、ヘンリー叔父《おじ》さんですよね⁉」

「そうですよ。何回もそう言ってるじゃないですか！」

「むむむ、無理です‼　こ、断ってくださいいいい！」

「はあー⁉」

『気弱閣下』はそう泣きわめくと、毛布を被《かぶ》って再びベッドに潜《もぐ》ってしまった。

執事長《しつじちょう》らが手を貸してくれるも、力が強いのかびくともしない。

「いかがいたしましょうアルマ様。これ以上ヘンリー様をお待たせするのは……」

「……仕方ない。とりあえず私が出るわ」

かくしてアルマは今いちばん会いたくない人物と、たった一人で対峙《たいじ》する羽目になったのである。


アルマの返事を聞いたヘンリーは、大げさに肩《かた》をすくめた。

「まったく。体調管理くらい、ちゃんとしておけと言っているのに」

「ほんとそうですよね。あんなに無理して……」

「あなたに言っているんですよ。仮にも婚約者でしょう？」

（くっ、墓穴掘《ぼけつほ》った……）

切れ味の増した嫌味《いやみ》にダメージを受けつつ、アルマはぐっと笑顔《えがお》を保つ。

（とにかく適当に話を濁《にご》して、穏便《おんびん》に帰ってもらおう！）

これ以上コンラートのことを突っ込まれると厄介《やっかい》だ、と判断したアルマは、それとなくヘンリー自身のことに話題を切り替《か》えた。

「そういえば、ヘンリー様は会社をお持ちだそうですね」

「ほう、よくご存じで。まあ僕は兄と違《ちが》って、爵位《しゃくい》を継《つ》げませんでしたから。働かなくては生きていけなかっただけですよ」

「た、たしか、手広く事業をされているとか」

「ええ。ワイン一本から、宝石、人の派遣《はけん》、はては生命保険まで……。今の時代、なんでもやっていかなければ利益は得られませんからね」

「先見《せんけん》の明《めい》があって素晴《すば》らしいですわ」

（勉強しといて良かった……）

ヘンリーに関する情報は、少し前に家庭教師から詰《つ》め込まれたものだ。

彼の会社はさまざまな分野に進出しており、そのことに触《ふ》れるとヘンリーは得意げに眼《め》鏡《がね》を押し上げた。

「ふむ、なかなか物の分かった方のようですね」

「お褒《ほ》めに与《あず》かり光栄ですわ」

「それはそうとここ最近、コンラートの様子がおかしいという報告が入ったのですが」

（だめだーっ！　全然ごまかせてないーっ‼）

脱け出せないアリジゴクを想像しつつ、アルマは曖昧《あいまい》に微笑《ほほえ》んだ。

「お、おかしい、とは？」

「女性たちを集めて連日パーティーを開いたり、かと思えば寝る間も惜しんで一日中仕事に励《はげ》んだり……」

（うっ……）

正確に伝わっている情報に焦《あせ》りつつも、アルマは作り笑顔でごまかす。

「パ、パーティーはその、こちらで友達がいない私を心配して、コンラート様がわざわざ開いてくださったんですの」

「ほう？」

「ただそのせいで、お仕事が溜《た》まってしまったみたいで……。だからその遅《おく》れを取り戻そうとちょっと無理を……」

「……なるほど。それで今日は風邪を、というわけですね」

（よしっ！　なんか分かんないけど、いい感じにまとまったわ！）

ドキドキという心臓の音を隠すように、アルマは物憂《ものう》げに俯《うつむ》く。

ヘンリーはそんなアルマをじっと見つめたあと、再度「なるほど」とつぶやいた。

「あなたは大丈夫《だいじょうぶ》なのですか？」

「え？　は、はい……」

「そうですか」

（……？）

するとヘンリーはおもむろに足を組む。

「実はあなたに、改めてお話ししたいことがあったのです」

「私に……ですか？」

「端的《たんてき》に言います。あいつとの婚約を解消しませんか？」

ヘンリーはそう言うと、一枚の釣書《つりがき》をテーブルの上に広げた。

「調べたところあなた、ここ以外にひとつも縁談《えんだん》がなかったそうですね」

「ソ、ソソ、ソンナコトハ」

「ごまかそうとしても無駄《むだ》です。つまりこの婚約が白紙に戻れば、あなたは行き場を失ってしまう。だからなんとしてでも成立させたい――そんな風に焦っていたはず」

そこで、とヘンリーがやり手の商人そのまま「にこっ」と微笑んだ。

「こちらの御仁《ごじん》にアルマ様のお話をしましたら、ぜひ縁を結びたいと。爵位は侯爵《こうしゃく》で、伯爵家《はくしゃくけ》のアルマ様とも釣《つ》り合いが取れます」

「あ、あの、ヘンリー様？」

「ヴェント家の所領にも程近く、愛するご両親や弟さんといつでもご本宅《カントリーハウス》で落ち合うことができます。それにここと比べて気候も穏《おだ》やかで、大変住みやすい土地だそうです。水が綺麗《きれい》なことでも有名で、なんでも特産品は美味《うま》い酒だとか」

（う、美味い酒ぇ……！）

一瞬《いっしゅん》きらっと目を輝《かがや》かせたものの、アルマはだめだめと心の中で首を振《ふ》る。

だがヘンリーの売り込みはなおも続いた。

「何より結婚後は、すべてアルマ様の自由にして良い、とのことでした」

「自由？」

「後継者《こうけいしゃ》は養子を取るので無理をしなくていい。欲しいものはなんでも買い与える。もちろん王都の邸《タウンハウス》のほうにも好きに帰って構わない。なんなら愛人にも目を瞑《つぶ》る。ただ、事実上は結婚していないと貴族としての沽券《こけん》にかかわるので、その点だけ理解してくれる相手であれば良いと」

「……つまり『白い結婚』ということですね」

「まあそうですね。ですが公爵夫人《こうしゃくふじん》としての重責から逃《のが》れられるのですから、あなたにとっては好都合なはずだ」

「…………」

「どうです？　悪いお話ではないでしょう。あなたたっての希望であれば、クラウディア様も止めることは出来ない。コンラートだって――」

以前のアルマであれば飛びついた縁談だっただろう。

愛する家族の傍《そば》にいられて、好きなお酒も昆虫《こんちゅう》採集も思うがまま。

エミリオの結婚問題も、修道院行きも回避《かいひ》できる。

だけど。

（このまま婚約を解消して……私はそれでいいの？）

『君と結婚したい』とまっすぐに目を見て言ってくれた最初のコンラート。

『おれのことを好きになって』と願ってくれた『軟派《なんぱ》閣下』。

そして――

（私は昨日『眼鏡閣下』に『私にもお手伝いをさせてほしい』と言ったのよ。それを裏切るような真似《まね》、絶対に出来ない――）

アルマはふうーっと息を吐《は》き出すと、毅然《きぜん》とした態度で答えた。

「あいにくですが、お断りします」

「……何故《なぜ》です？」

「私は、彼の妻となる覚悟《かくご》を持ってここに来ました。コンラート様から破棄を言い渡《わた》されるのであれば別ですが、私からお断りすることはいたしません。……どうか、お引き取りください」

ヘンリーはしばし沈黙《ちんもく》したあと、不満そうに息を吐き出した。

「随分《ずいぶん》と言うようになりましたね」

「そうでしょうか？」

「結局、公爵夫人の地位が惜しいだけなんでしょう？」

「違います。私は本当に――」

「いいでしょう、では僕が直接話をつけにいってきます」

「えっ？」

そう言うとヘンリーは組んだ足を解《ほど》き、すっくとその場に立ち上がった。

「な、何をなさるおつもりですか？」

「あなたとの婚約を破棄する、とコンラート自身に言わせるのですよ。そうすればあなたは納得《なっとく》するんでしょう？」

「そんな……」

（だ、だめよ！　今のコンラート様にそんなことを迫《せま》ったら――）

小型犬のように怯えた彼が、一も二もなく首肯《しゅこう》する光景を想像し、アルマはなんとかしてヘンリーを止めようと立ち上がる。

だがほぼ同時に、応接室の扉《とびら》が勢いよく開いた。

現れたのは当のコンラート。

きっちりとネクタイを締《し》めており、さっきまで頑《かたく》なにベッドに引きこもっていたとは思えない出《い》で立《た》ちだ。

飛んで火に入る夏の虫、とばかりにヘンリーが目を細める。

「風邪だと聞いていたがやけに元気そうだな。だがちょうど良かった。お前に言いたいことが――」

「婚約破棄なら、しません」

コンラートの口からはっきりと放たれた言葉に、ヘンリーは瞠目《どうもく》した。

アルマもまた、聞き間違《まちが》いではないのかと目をしばたたかせる。また新しいコンラートに入れ替わったのだろうか？

（ううん、違う……）

よく見ると、握《にぎ》りしめた手が小刻みに震《ふる》えていた。

声だって少し掠《かす》れている。

コンラートは勇ましく足を進めると、立ち尽《つ》くすアルマの手を取った。

「行きましょう、アルマさん」

「え、で、でも」

「コンラート！　まだ話は終わってないぞ」

「話って、婚約破棄のことですよね。ならぼくの考えはさっき言ったとおりです」

「……っ！」

「まだ体調がすぐれないので失礼します」

口早に言い残し、コンラートはアルマを連れて退室しようとする。

しかしそれを阻止《そし》しようと、ヘンリーが彼の腕《うで》を乱暴に摑《つか》んだ。

「待て、コンラート！　どこへ行く——」

その瞬間《しゅんかん》、コンラートがヘンリーの手を素早《すばや》く払《はら》いのけた。

一分《いちぶ》の隙《すき》もない、目を見張るような動き。

「……っ⁉」

「すみません、お話はいずれ日を改めて。失礼します」

息を吞《の》むヘンリーに一礼したあと、二人は揃《そろ》って廊下《ろうか》に出る。

コンラートはそのままアルマの手を引くと、足早に歩き出した。ほぼ小走りでついていきながら、アルマがひそひそと問いかける。

「コンラート様、出てきて大丈夫だったんですか？」

「ぜんっぜん、大丈夫じゃないですよ……！　うっ……ギモヂワルイ……」

そう言うとコンラートは襟元《えりもと》に人差し指を差し入れ、きっちり結ばれたネクタイを雑にゆるめた。整えていた髪に手を突っ込むと、ぐしゃぐしゃと乱す。

「でも、ぼくたちの婚約に関する話が聞こえてきたから……」

「もしかして、ずっと廊下にいたんですか⁉　すぐに入ってきてくれたら良かったのに……」

驚《おどろ》くアルマに対し、コンラートはばつが悪そうに頭をかいた。

「す、すみません……。でももし、アルマさんが本当に婚約破棄を望んでいたとしたら、ぼくがそれをどうこう言う資格はないって、足がすくんじゃって……」

「私が？」

「はい。……正直、ぼくよりずっといい条件の相手が提示された時は、『ああ、絶対この縁談受けるんだろうな』ってほとんど諦《あきら》めかけてました……」

「う、受けませんよ⁉」

応接室からだいぶ離《はな》れたところで、二人はようやく足を止める。

コンラートがもう一方の手を胸に当て「はあーっ」と長く息を吐き出した。

「でもアルマさんが、はっきり言ってくれたから。居ても立ってもいられなくなって、ついあの場に飛び込んじゃいました……」

「コンラート様……」

はにかむコンラートを見て、アルマは思わず頰《ほお》を染める。

だがすぐに繫《つな》いでいた手を離すと、きりりと柳眉《りゅうび》を逆立《さかだ》てた。

「それはそうと、よく私一人を矢面《やおもて》に立たせましたね！」

「ご、ごめんなさいいいいー‼　でもほら、ヘンリー叔父さんって怖《こわ》いから、顔を合わせたら最後、婚約破棄とか、強引に押し切られそうな気がして」

「そんなの、コンラート様がびしっと断ってくれたら――」

　すると『気弱閣下』は慌《あわ》てた様子で「わ、分からないじゃないですか！」とアルマの言葉を遮《さえぎ》った。

「アルマさんが本当にこの婚約を望んでいるのか、いないのか……」

「嫌《いや》だったら、そもそもここに来てませんよ。どうしてそんな風に思うんです？」

「だってみんな……本当の気持ちは、教えてくれないから……。だからアルマさんも、本心では、嫌なのかもしれないと……」

（……？）

　公爵位《こうしゃくい》を継いだ時、コンラートは父に負けない為政者《いせいしゃ》になろうと努力した。

　だが仕事は多忙《たぼう》を極《きわ》め、ミスも頻発《ひんぱつ》。そんな折、古くから勤めてくれていた使用人たちの多くが退職を希望してきたという。

「辞《や》める理由を聞いたら『体調不良が続いて』とか『身内に不幸があって』とかばかりで――結局残ってくれたのは、今の執事長と数人だけ……。原因はきっと、ぼくなんです。ぼくが当主としてふがいないから、みんな愛想《あいそ》を尽かして――」

「そんなこと……」

「いいんです。事実、なので……。幸い、ヘンリー叔父さんがすぐに新しい人たちを手配してくれたので、そこは大丈夫だったんですが……。家のことも縁談も、全然上手《うま》くいかなくて……」

殺到していた縁談は「家の格が違いすぎる」とヘンリーからことごとく却下《きゃっか》され。じきに使用人大量離職《りしょく》の噂《うわさ》も広まってしまった。

「そのうち、社交の場に出ることすら怖くなってしまって……。でもそんな時、クラウディア伯母《おば》さんが『とってもいい子がいるから、申し込みしてみてもいいかしら？』って、こっそり提案してくれて……」

「それが……私？」

「は……はい……」

答えたコンラートの両手は固く握り込まれ、かすかに震えていた。

それに気づいたアルマは、一度は離した彼の手にそっと触れる。コンラートは驚いたように目を見張ると、おずおずとアルマの手を握り返した。

「……正直、断られると思って、期待はしていませんでした。でもあなたは話を受けてくれた……。ヘンリー叔父さんからはその、結構、止められたんですけど……ぼくが『進めてほしい』って無理言ってお願いしたんです……」

こんなぼくを選んでくれた人がいた。

どんな子だろう。

何が好きなんだろう。

なんでもいい。大事にしたい。

でも、彼女が自分と同じ気持ちかは——分からない。

「顔を合わせた直後は、やっぱり怖くて。アルマさんが困惑《こんわく》しているのもすごく伝わってきて……。やっぱりぼくに結婚なんて無理だった。お互《たが》いのためにも早く断ったほうがいいんじゃないか——ってずっと迷っていたんです。でもあの日の夜、四阿《あずまや》で叫《さけ》んでいるアルマさんを見かけて」

「そ、その節はお恥《は》ずかしいところを……」

「い、いえいえ！　……嬉《うれ》しかったんです。あの時、諦めたくないって言ってくれて。ぼくはこんなに怯えて、逃げることしか出来なかったのに……」

だから勇気を出して、懸命《けんめい》に自分の気持ちを伝えた。

そうしたらアルマから、意外な言葉が返ってきた。

「頑張《がんば》ろう、って思いました。実際、アルマさんと話せるようになって、怖い気持ちは少しずつ減っていきました。でもやっぱり、本心ではどう思っているのかとか考えると、たまらなく不安で——」

ゆるく繋がれていた手に、ぎゅっと力が込められる。

「だからさっき、叔父さんの誘《さそ》いを断ってくれたことが、本当に……本当に嬉しかったんです。嘘《うそ》でも、社交辞令《しゃこうじれい》でもない。アルマさん自身の口で、言葉で、そう言ってくれたことが……」

「コンラート様……」

「嫌な思いをさせて、本当にすみませんでした。ぼくも、もう少し……ちゃんと……しないと――」

だが言い終えるよりも早く、コンラートはふらっとその場にくずおれた。

アルマはとっさに彼の体を受け止める。

「コンラート様？　コンラート様!?　しっかりしてください、だ、誰《だれ》か――」

数刻後。

ベッドで眠《ねむ》るコンラートの脇《わき》で、医師が小さく頷《うなず》いた。

「熱もありませんし、脈拍《みゃくはく》も正常です。おそらく極度の緊張《きんちょう》からでしょう」

「ありがとうございます……」

退室する医師を見送ったあと、アルマはコンラートのベッドに戻る。

近くにあった椅子《いす》に腰《こし》かけると、ようやくほっと息を吐き出した。

（気絶するほど怖かったのね……）

ベッドに投げ出された彼の手に気づき、アルマはそっと自身の指先でなぞる。

ついさっきまで触れ合っていた——アルマの手がすっぽりと収まってしまうほどの大きさを確かめると、アルマはおずおずと彼の手を取った。

（この縁談に、そんな事情があったなんて……）

胸《むね》の奥が小さく痛んだ気がして、たまらずその手を強く握り込む。

（逃げ出さなくて、良かった……）

穏やかに寝息を立てる彼を見つめ、アルマはわずかに微笑む。

そのまま彼の手をベッドに戻そうとしたのだが、どういうわけかしっかり掴《つか》んだまま離してくれない。

（えっ!?　あっ、どうしよう!?）

何度か奮闘《ふんとう》したものの、寝《ね》ている彼の力は存外強く——やがてアルマは諦めたように両肩《りょうかた》を落とした。

「ま、いっか……」

幸せそうに眠るコンラート。

アルマはそんな彼を、優しい眼差しで見つめ続けたのだった。

翌朝。

アルマは何故か、ベッドの中で目を覚ました。

（……？　私、いつの間に自分の部屋に帰ったのかしら……）

体を起こそうと、とりあえず両腕《りょううで》を伸《の》ばす。

すると手のひらが固くしなやかな何かに触れた。

（こ、この感触《かんしょく》……まさか――）

恐る恐る顔を上げる。

そこには先に目覚めていたのであろうコンラートのきらきらしい美貌があり、嬉しそうに毛布の中にいるアルマを眺《なが》めていた。

「おはよ。よく眠れた？」

「……あの、これは……私は、いったい……」

「ほんっと『泣き虫』はずるいよなあ。普段《ふだん》ぴーぴーべそかいてるだけのくせに、一晩中きみに手を繋いでもらえるんだから」

そう言うとコンラートはアルマの腰に両腕を回し、ぎゅっと力強く抱《だ》きしめた。

一方アルマは起き抜けのままパニックになる。

（待って待って待って⁉　この言い方は――）

急いで彼の両目を確認《かくにん》する。

その瞳《ひとみ》は——美しい金色だった。

「あの、もしかして……戻ってます？」

「また会えて嬉しいよ。そろそろおれのこと、好きになったかな？」

（や、やっぱり……！）

『軟派閣下』だ——そう気づいた途端《とたん》、アルマは今の状況《じょうきょう》が一気に恥ずかしくなり、彼の腕の中で「ぎゃー‼」と悲鳴をあげたのだった。

第五章 三人の婚約者に振り回されていますが？

コンラートが魔法にかけられてから一カ月が経過した。
待望のクラウディアからの返事が届き、アルマは自室ですぐさま開封《かいふう》する。
『親愛なるアルマへ
元気にしてるかしら？
わたしは今、ダーリンと一緒《いっしょ》に南国でバカンスを楽しんでいます』
（ダーリン……）
半眼になりつつ、その先を読み進める。
『それより何か大変なことがあったのね。
出来るだけ早く帰るつもりだけど、結構時間がかかるみたい。
悪いけど、もう少しだけ待っていてちょうだい』
（うう、いったいどうしたら――）
アルマは嘆息《たんそく》とともに机の引き出しを開ける。

中には破損《はそん》した——件《くだん》の婚約指輪が無残な姿で転がっていた。

その時、背後から軽快なノックの音がし、コンラートがひょいと顔を覗《のぞ》かせる。

「アルマ、今いいかな」

「コンラート様⁉」

アルマは引き出しを閉め、急いで扉《とびら》に駆《か》け寄《よ》る。

そしてそのまま——コンラートが入れないように、両手でぐぐっと押し返した。

「まーたサボりですか⁉」

「ちょっ、痛いから、指挟《はさ》んでるから」

「ついさっきも来ましたよね？　今日はちゃんと仕事するって約束じゃ」

「したした！　終わったから！　執事長《しつじちょう》に確認《かくにん》してもいいから‼」

どこか楽しそうなコンラートの叫《さけ》びを聞き、アルマはようやく扉から手を離《はな》す。

やれやれと言いながら、金の瞳《ひとみ》の『軟派閣下《なんぱ》』が姿を見せた。

「あー笑った。きみ、意外と力強いよね」

「本当に終わったんですか？」

「うん。だから約束通り、お茶の誘《さそ》いに来たってわけ」

ばちん、と音が出そうなウインクをするコンラートに、アルマはつい苦笑《くしょう》する。

「……分かりました。行きましょうか」

「やった。じゃ、今日はおれの部屋にしよう。ところで、そろそろおれのこと好きになった？」

「私は真面目《まじめ》に仕事する人が好きなので」

「冷たいなあ。嬉《うれ》しくない」

「一日に五回も六回も聞かれれば誰《だれ》でもこうなりますよ」

それもそうか、とコンラートは無邪気《むじゃき》に破顔《はがん》する。

アルマもそれを見て、少しだけ笑《え》みを浮《う》かべるのだった。


あの日、『気弱閣下』が『軟派閣下』に戻《もど》ったことで『三つの人格は一度きりではなく、何度も入れ替《か》わる』という事実が判明した。

ただ困ったことに、入れ替わる条件がまったく分からない。

一日置きにころころ替わる日もあれば、三日くらいそのままの時もある。

以前『軟派閣下』にそれとなく尋《たず》ねてみたのだが――

「うーん、正直おれたちにもよく分からないんだよねえ」

「分からない？」

「うん。寝《ね》たあととか、表に出ている奴《やつ》の意識が弱まった時に交代することが多い気はするけど……。『今出たい！』って狙《ねら》って入れ替わるとかは出来ないかな。ま、それが出来たらおれは毎日のようにきみに愛を囁《ささや》きにこられるんだけど？」

「はは……」

ただ不思議なことに、最初のコンラートだけは一度として現れることがなかった。

疲《つか》れて寝てるんじゃない？　と『軟派閣下』は楽観《らっかん》視《し》していたが――

（とりあえずクラウディア様が戻られるまで、問題を起こさないようにしないと……）


コンラートの部屋を訪《おとず》れたアルマは、思わず感嘆《かんたん》を漏《も》らした。

「うわあ……！　すごいですね」

「驚《おどろ》いた？　うちは雨が多いから、時々こうするんだよ」

外のバルコニーに置かれた、小雨《こさめ》をものともしない木製の大型パラソル。

その下には専用のソファセットが並び、中央には若草色のクロスが掛《か》けられたテーブルが置かれている。卓上《たくじょう》にはクッキーなどの焼き菓子《がし》が山と積まれた三段の銀食器と、砂糖がたっぷり入ったミルクティー。

人格が分かれるまで知らなかったが、どうやら彼はかなりの甘党《あまとう》らしい。

だが今日はその他に、チーズやサーモンの燻製《くんせい》が置かれていた。

「コンラート様、これは――」

「ああ。きみの分だよ」

「私の？」

「うん。だってきみ、甘いもの好きじゃないでしょ」

さらりと告げられた言葉に、アルマは「えっ」と目を見開く。

「私、そんなこと言いましたっけ」

「ううん。でも見てれば分かるよ。きみが喜びそうなことはね」

どうぞ、とソファを勧《すす》められ、二人は向かい合わせに腰《こし》かける。

わざわざ別に用意されたコーヒーをアルマが口に運んでいると、コンラートが満面の笑みで切り出した。

「ところで、婚約披露《こんやくひろう》パーティーの件なんだけど」

ぶはっ、とアルマは飲んでいたコーヒーを噴《ふ》き出しかけた。

「婚約披露パーティー⁉」

「あれ、言ってなかったっけ？」

「そんなこと言われて――いや……」

記憶《きおく》を手繰《たぐ》るように、アルマは再度コーヒーを口に運ぶ。

（そういえば、最初のコンラート様が言っていたわ……）

だが今の状態のコンラートでは、いつ誰に『魔法』がバレるか分からない。

とにかく可能な限り――出来ればクラウディアに会えるまで、開催《かいさい》日時を遅《おそ》くしてもらわねば――

「分かりました。いつ頃《ごろ》くらいに――」

「明日」

「明日ぁ!!」

気管に入ったコーヒーを、アルマはげふんげふんと追い出す。

そのリアクションを見て『喜び』の感情を持つコンラートは実に楽しそうだ。

「良かった。喜んでくれて」

「喜んでません！　ど、どうするんですかそんな急に！　ドレスだって何も」

「もちろん、ぬかりはないよ」

後ろに待機していた侍女《じじょ》たちに向けて、コンラートがぱちんと指で合図する。

すると紫《むらさき》を基調とした美しいドレスと豪奢《ごうしゃ》なアクセサリー、そして数種類の靴《くつ》があっという間にアルマの眼前に並べられた。

「どうだいこのドレス！　おれが直々にデザインしたんだ。可愛《かわい》いだろ？」

「いや、すごい、ですけど……」

「だいたいのサイズは合わせてあるから、あとは仕上げて完成かな。ふふ、惚《ほ》れ直した？」

「明日開催でなければ、ですかね……」

さりげなく出席者のリストも渡《わた》される。

載《の》っていた名前の一つを見て、アルマは「げえっ」と顔をしかめた。

（シャルロッテ様も来るんだ……。遠くからわざわざ……）

明日の気疲《きづか》れを想像し、げんなりした顔でコーヒーを飲む。その様子を眺めながら、コンラートはしみじみと微笑《ほほえ》んだ。

「ああでも、こうして二人でゆっくり話すのは久しぶりな気がするね」

「そうですか？」

「うん。何かにつけて『クソ真面目』と『泣き虫』が出しゃばるからさ。おれだってもっと外に出たいんだけど」

「あのお二人は、ちゃんと仕事をしてくださるので助かります」

「そこは適材適所《てきざいてきしょ》というものだろ？　おれは遊び専門だから。……しかしこのままじゃ、おれの好感度は最下位だな。うーん、何か挽回《ばんかい》できる方法は――」

カップに入った紅茶をゆらゆらと揺《ゆ》らしていたコンラートは、突如《とつじょ》「そうだ！」と目を輝《かがや》かせた。

「前に言っていた花壇《かだん》はどうなった？」

「え？」

「森で探していたじゃない。気に入った場所は見つかった？　良かったら、庭師《ガーデナー》に頼《たの》んですぐ作ってもらうけど」

「え、えーと……」

昆虫採集癖《こんちゅうさいしゅうへき》をごまかすため、とっさについた嘘《うそ》だったのだが、コンラートはしっかり覚えていたようだ。

困ったアルマはふと、あの時に見つけた温室のことを思い出す。

「それでしたら、温室を使わせていただけないでしょうか？」

「温室？」

「はい。森の中にあったんですが、鍵《かぎ》がかかっていたので入れなくて」

だいぶ放置されていたようだが、手入れすればちゃんと使えるようになるはずだ。

しかしアルマの期待とは裏腹に、コンラートは珍《めずら》しく難色《なんしょく》を示した。

「……あそこはちょっと、やめておいたほうがいいと思うよ」

「あ、もしかして倒壊《とうかい》の危険があるとかですか？」

「いや、おれの母親が使っていたものだから、そこまで古くはないんだけど……。ほら、しばらく管理してないから、虫とかうじゃうじゃいるだろうし」

（ますます行きたい……）

だがコンラートの表情を見る限り、ここで食い下がるのはよろしくなさそうだ。

アルマは後ろ髪《うしろがみ》を引かれつつも、それ以上の追及《ついきゅう》を諦《あきら》めた。

しかし一夜明け、婚約披露パーティー当日。

アルマが執務室《しつむしつ》に駆け込むと、コンラートは普段《ふだん》の格好で仕事をしていた。

「コンラート様！　いったいどういうことですか⁉」

「何がです」

「今夜のパーティーに出ないって……」

「あんな有象無象《うぞうむぞう》、相手にするだけ時間の無駄《むだ》です。安っぽい愛想《あいそ》を振りまく暇《ひま》があるのなら、部屋で仕事をしていたほうがまだ有意義だ」

（ああ……やっぱり『眼鏡《めがね》閣下』に替わってる……！）

執事長が「旦那《だんな》様が突然《とつぜん》パーティーを欠席すると言い出しましてっ……！」と泣きついてきた時点で嫌《いや》な予感はしていた。

しかしまた、どうしてこのタイミングで。

「そういう訳にはいきません！　だって婚約披露パーティーなんですよ⁉」

「隠《かく》れて準備をしていたのはあの『馬鹿』です。わたしには関係ありません」

「でもっ……」

「もういいですか？　仕事が溜《た》まっているので」

そう言うとコンラートは、さっさと視線を机上《きじょう》の書類に戻した。

アルマはしばらくぎりぎりと奥歯《おくば》を噛《か》みしめていたが、「もういいです！」と踵《きびす》を返して勢いよく執務室の扉を閉める。

（たしかにそうかもしれないけどっ……！　婚約を披露《ひろう》するのに、肝心《かんじん》の婚約者がいなくてどうしろっていうのよ！）

バカー！　と叫びながら、アルマはずんずんと着替《きが》え途中《とちゅう》の自室へと戻るのだった。


こうして夕方。

主催者《しゅさいしゃ》不在のまま、「これのどこが『内々』……？」というパーティーは厳《おごそ》かに始まった。

アルマの黒い髪には銀で出来た髪飾《かみかざ》りが輝いており、全身を彩《いろど》るのは『軟派閣下』がデザインしたという紫色《むらさきいろ》のドレスだ。

（すごい……まるで蝶々《ちょうちょう》になったみたい）

幾重《いくえ》にもレースを重ねた袖《そで》は、先にいくほど深い紫色のグラデーション。

大きく広がったスカートも同様の色彩《しきさい》で、上質な絹布《けんぷ》とキラキラしたオーガンジーが合わさったその佇《たたず》まいは、まるで一匹《ぴき》のモルフォ蝶《ちょう》のようである。

ひらひらと揺れる裾《すそ》の美しさに目を奪《うば》われていると、どうやら早めに会場入りしていたシャルロッテが、しずしずと嬉しそうに近づいてきた。

「アルマ様、本日はお招きありがとうございます」

「シャルロッテ様、こちらこそ遠方よりお越《こ》しくださり、感謝いたします」

「それにしてもアルマ様が、エヴァハルト公爵《こうしゃく》閣下を選ばれるだなんて驚きましたわ。使用人が逃げ出すほど、恐《おそ》ろしい方とお聞きしましたのに」

興味本位を隠しもしないシャルロッテを前に、アルマは楚々《そそ》と微笑む。

「ええ。でもただの噂《うわさ》でしたわ」

「でも火のないところに煙《けむり》は立たないと言いますし……。どんな方なのか、ぜひお姿を拝したくて。今はどちらにおられますの？」

（うっ、ぐいぐい来る……）

アルマは静かに息を吸い込むと、あらかじめ用意していた言い訳を口にした。

「それがその、ちょっと今朝方から体調を崩《くず》してしまい……」

「まあ、大丈夫《だいじょうぶ》ですか？」

「少し休めば良くなると思うのですが、おそらく今日は皆様《みなさま》の前にお出になることはないかと……」

それを聞いたシャルロッテは、やや大げさに「残念ですわ」と肩《かた》をすくめる。

「今までどれほどの令嬢《れいじょう》が縁談《えんだん》を申し込んでも、すべて断っているという話でしたから、さぞかしご自分の容姿に自信がおありなのかと楽しみにしていたのですが……。実際は大したことなかったのでしょう？　わたくしにだけは本当のことをおっしゃってくださいませんこと」

「あー、えー、別にそういうわけでは」

「そんな必死に取り繕《つくろ》わなくても分かっていますわ。だって男性に大切なのは顔ではなく、財力と家柄《いえがら》ですもの。結婚は割り切って考える――アルマ様もそう思われたから、こうして婚約なさったんでしょう？」

「そんなことは……」

（あー……この感じ、すっかり忘れてたわ……）

身分が。財産が。名声がすべて。

退屈《たいくつ》なお茶会も、疲れるだけの舞踏会《ぶとうかい》も、貴族たちには大切な社交の場。

でもアルマはこちらに来てから、そうしたものからすっかり縁遠《えんどお》くなっていた。

コンラートのどたばたに振り回されていた、というのがいちばんの理由だが――豊かな自然がすぐ傍《そば》にあり、昆虫とたわむれていても周囲の目をあまり気にしなくて良いこの土地で、アルマの心は知らずに解放されていたようだ。

「本当は、ご招待も断るつもりでしたの。だって王都から遠いし、じめじめしてなんだか陰気臭《いんきくさ》い辺鄙《へんぴ》なところでしょう？　でもアルマ様が一人で寂《さび》しくされていると聞いたから、こうしてわざわざ出向いて差し上げたんですのよ」

「……お心遣《こころづか》い、感謝いたしますわ」

「ふふ、いいのよ。だってわたくしたち、大切なお友達じゃありませんこと――」

微笑むシャルロッテを前に、アルマは令嬢に『擬態《ぎたい》』しようとする。

だがどうしてだろう。

以前のように上手《うま》く笑えない。

（嫌だな、この……息が詰《つ》まりそうな感じ――）

すると二人の間に、突如大きな人影《ひとかげ》が割り込んできた。

顔を上げるとそこには――正装に身を包んだ『眼鏡閣下』が立っている。

（コンラート様!?　どうしてここに……）

アルマが言葉を失う一方、コンラートは不機嫌《ふきげん》を全開にした顔つきで、シャルロッテを冷たく睨《にら》みつけた。

「シャルロッテ・メロー侯爵令嬢《こうしゃくれいじょう》。我が領地がご不満でしたら、今すぐ帰ってもらって構いませんが？」

「ア、アルマ様？　こちらの方はいったい――」

「え、ええと……コンラート・エヴァハルト公爵閣下です……」

「……ええっ!?」

先ほどの発言からも分かるとおり、シャルロッテは人前を厭《いと》うコンラートのことを、さぞかし残念な見た目の変人と思い込んでいたのだろう。

だがきっちりとセットされた銀の髪。透《す》き通った緑の瞳。

均整の取れた体つきに見事な仕立ての衣装《いしょう》——という出《い》で立《た》ちのコンラートは、まさに百人が百人『美形』と口を揃《そろ》える完璧《かんぺき》な美丈夫《びじょうふ》だった。

「も、申し訳ございません‼　わたくしその、こちらのことを、あまりよく存じ上げなくて……」

「ほう。では無知に甘え、己《おのれ》の尺度でしか物事を判断出来ない愚《おろ》かさを許せと？」

「コ、コンラート様！」

容赦《ようしゃ》のない物言いに、アルマは慌《あわ》てて彼の袖を引く。

一方シャルロッテは顔色を真っ青にしたあと「し、失礼いたします！」と脱兎《だっと》のごとく逃げ出してしまった。

二人だけになったところで、アルマはたまらず抗議《こうぎ》する。

「どーしてあんな喧嘩《けんか》売るみたいな言い方するんですか！」

「わたしの領地に難癖《なんくせ》つけたのだから当然です。だいたいあなたも、付き合う相手はもう少し選んだほうがいいですよ」

「そ、それは、なんというか、すみません……」

逆に諭《さと》され、アルマは二《に》の句《く》が継《つ》げなくなる。

しかしすぐに今朝のやりとりを思い出した。

「そんなことより、パーティーには出席しないんじゃなかったんですか？」

「気が変わりました。出席したほうが有益だと判断しただけです」

「はあ……」

お得意の独自理論が返ってきて、アルマはうんざりと眉根《まゆね》を寄せる。

だがすぐに「あれ？」と疑問符《ぎもんふ》を浮かべた。

（どうしてわざわざ、ここまで来てくれたのかしら？）

会場にはすでに多くの来客が集まっている。

今日の主役であるコンラートが現れたとなれば、あちこちから声がかかり、身動きが取れなくなっていても不思議ではない。

だが彼は、それらを置いていちばんにアルマの元に来てくれた。

（もしかして、私の様子を心配して……？）

じんわりと胸《むね》の奥が温かくなり、アルマは頬《ほお》を染めてコンラートを見上げる。

だが淡《あわ》い期待は、眼鏡越《ご》しの冷めた視線一つで打ち砕《くだ》かれた。

「あんな一方的に馬鹿にされて……。見ているだけのつもりでしたが、いい加減わたしの怒《いか》りが抑《おさ》えきれなくなりました。だいたいあなたも、エヴァハルト公爵家の一員としての自覚を持ち、少しは言い返したらどうです！」

「す、すみません……」

「まったく……この貸しは高くつきますからね！」

（そんなわけない、か……）

『眼鏡閣下』に『怒り』が抑えられるはずがなかった、とアルマは肩を落とす。

「そういえば、どうして彼女がシャルロッテ様だと分かったんですか？」

「招待客のデータはすべて頭に入っています。その中から消去法で当たりをつけただけです」

「頭にって……そんな時間どこに」

「一度見れば十分です。感情が切り離されたせいでしょうか、今のわたしには『一度見聞きしたものを完璧に思い出す能力』が備わっているようです。もちろん、過去にあった出来事であっても」

「へー」

「……おや、信じていないのですか？　ではここに来て三日目、夕食の時に披露していただいた幼少期のあなたの恥《は》ずかしい失敗談を――」

「聞いていたなら、その時に反応してくださいよ！」

憤慨《ふんがい》するアルマを見て、コンラートは「くっ」と笑いを噛み殺した。

そのまま自身の腰に片手を当てると、肘《ひじ》をアルマに差し出す。

「そろそろ挨拶《あいさつ》に回りましょう。くれぐれも恥ずかしい行動は取らないように」

「そちらこそ、嫌味《いやみ》な物言いはほどほどにしたほうがいいですよ」

お互《たが》いに「にやっ」と不敵に笑うと、ようやく会場の中央へと向かう。

多くの招待客が気づき、主役たちの登場にざわめいた。

「おお！　エヴァハルト公爵閣下、お待ちしておりました」

「こちらが『レイナルディアの黒い宝石』ですか。いやあ〜噂に違《たが》わず、実にお美しい！

お召《め》しになっているドレスも華《はな》やかで、大変素晴《すば》らしいですな」

「婚約おめでとうございます。今日はぜひ、色々とお話しさせていただければと」

エヴァハルト公爵家主催のパーティーとあって、かなりの数の高名な貴族が次から次へとコンラートの元を訪れる。

アルマは彼の隣《となり》でにこにこと微笑みつつ、内心舌を巻いていた。

（すごい……。こんな大人数相手なのに完璧に対応してるわ……）

相手の名前、家柄はもちろん、家族構成や姻戚《いんせき》関係、さらには領地の特色や時事などをコンラートはすべて把握《はあく》しており、よどみなく会話を続けていく。

社交界と距離《きょり》を置いているとはいえ、公爵としての力量は確かなようだ。

するとそこに、西部の男爵家《だんしゃくけ》を名乗る紳士《しんし》が現れた。手には立派なワインボトルを捧げ持っている。

「お招き感謝いたします、公爵閣下。実はこちら、我が領で今年造られたばかりの新作でして。ぜひこの佳《よ》き日にお楽しみいただければと――」

（し、新作のワイン……！　いいなあ……）

空《から》になっていたコンラートのグラスに、紳士がゆっくりとワインを注《そそ》ぐ。

その光景を羨《うらや》ましそうに眺《なが》めるアルマだったが、ふとコンラートの表情が強張《こわば》っていることに気づいた。

（もしかして……お酒、苦手？）

コンラートはグラスに口をつけたが、どうも中身が減っている様子がない。

紳士がやや戸惑っている気配を感じ取り、アルマはすぐさま『無邪気』な婚約者に『擬態』した。

「コンラート様！　私もそれ、呑んでみたいです！」

「えっ？」

「ア、アルマ様がですか？　女性には少々きつい度数かと……」

「あら、苦い葡萄《ぶどう》ジュースみたいなものでしょう？」

コンラートからひょいとグラスを奪うと、そのままくいっと空にする。

（――っ、おいし――っ！）

五臓六腑《ごぞうろっぷ》に染《し》み渡るアルコール。

乾《かわ》ききった細胞《さいぼう》の一つ一つが潤《うるお》いに満たされ、艶々《つやつや》になっていくようだ。

一方、酒を勧めた紳士がこわごわと尋ねてくる。

「だ、大丈夫ですか？」

「はい！　本当にとっても美味《おい》しいお酒でしたわ。ねえコンラート様、当家のワインにこの銘柄《めいがら》も加えていただけないでしょうか？」

「別に、構いませんが……」

「まあ嬉しい！　ではさっそく執事長のところにご案内いたしますわね。残りはそちらで試飲しましょう」

てきぱきと話を進め、コンラートと紳士を引き離すことに成功する。

去り際、呆然《ぼうぜん》と立ち尽くすコンラートに、アルマはこっそりと言い添《そ》えた。

「――これで借りは返しましたから」

「……っ！」

アルマはにこっと微笑むと、優雅《ゆうが》にその場を立ち去った。

先ほどの紳士を執事長に引き合わせたあと。

火照《ほて》った頬に夜風を当てながら、アルマは邸《やしき》の裏手を散歩していた。

「あーやっぱりお酒は最高だわー！　主《おも》だった方への挨拶は終えたし、ちょっとだけ休《きゅう》憩《けい》して――あら？」

するとと誰もいないと思った場所に何やら人の気配がある。しかも複数。

建物の陰《かげ》からこっそり覗き見ると、事もあろうにあのシャルロッテが見知らぬ若者たちに取り囲まれていた。

「ですから、離してくださいませ！」

「いいじゃん、一緒に呑もうよ～」

「こいつの親父《おやじ》、王宮の要職なんだぜ？　仲良くなって損はないと思うけどなー」

「結構ですわ！　触《さわ》らないでください！」

（うーむ、どう見てもお友達ではないわね……）

おまけに彼らは相当酔《よ》っているようだ。

放置するわけにもいかないと、アルマはすぐさま声をかけた。

「シャルロッテ様、こちらにいらしたのですね」

「アルマ様……！」

「これはこれは、公爵閣下の婚約者殿《どの》ではありませんか」

「良ければ我々と呑みませんか？　こちらのレディにも一杯《ぱい》でいいからとお願いしているのですが、どうやら田舎《いなか》貴族はお嫌《きら》いなようで」

「何をおっしゃいますの⁉　あなたがたが無理やり――」

「あら、一杯でいいんですか？」

アルマはすたすたと男たちの輪に近づくと、一人が手にしていた大きめのジョッキを奪い取り、中に入っていた麦酒《ビール》を一気に飲み干した。

（っ――‼）

ワインとは違い、しゅわしゅわと弾《はじ》ける喉越《のどご》し。痺《しび》れる。これまた最高。

ぷはっと手の甲《てこう》で口元を拭《ぬぐ》うと、空になったジョッキを持ち主に押し返した。

「これでよろしいでしょうか？」

「ア、アルマ様……」

あたふたするシャルロッテをよそに、周囲は一気に盛り上がる。

それを見たアルマは、シャルロッテに小声で耳打ちした。

「この場は私に任せて、早くお逃げください」

「で、ですが……」

「私なら大丈夫ですから」

シャルロッテが離れたことを確認し、アルマは若者たちに向き直った。

「さ、いくらでもお付き合いいたしますわ。もちろん皆《みな》さん――私より呑める自信がおありなんでしょうね？」

あいにくだが、呑み比べなら負ける気がしない。
そもそも今日この日まで、どれほど我慢《がまん》し続けてきたと思っているのだ。
（私の肝臓《かんぞう》――ご褒美《ほうび》タイムよー！）
アルマは心の中でそう叫ぶと、コルクの栓《せん》をぽんと開ける。
本当のパーティーの始まりだった。

――気づけばアルマは、誰かに抱《だ》き上げられていた。
どこかに運ばれているのか、規則的なリズムで体が揺れる。
（ここは……）
しっかりとした胸板《むないた》に顔を押し当てる。
夜半の冷たい風に反し、ぬくもりが心地《ここち》良い。
（あったかい……）
アルマはむにゃむにゃと口を動かすと、再び深い眠《ねむ》りへと落ちていった。
目覚めたアルマの視界に飛び込んできたのは、黒い天蓋《てんがい》だった。
「……？」
ゆっくりと体を起こす。

離れた位置には大きな窓があり、外には立派なバルコニーが続いていた。

白い月明かりがまっすぐ室内に差し込んでいる。

（……綺麗……）

幻想的《げんそうてき》なその光景をぼんやりと見つめる。

すると側頭部がずきりと痛み、アルマはその部位を手のひらで押さえた。

「いっ……」

「ようやく起きましたか」

「！」

間仕切り扉から現れたのは、正装姿のコンラートだった。

両手にはそれぞれ、水の入ったグラスが握られている。

「コンラート様？　ここって……」

「わたしの寝室《しんしつ》です。あなたの部屋より近かったのでこちらに運びました」

二つのグラスをサイドテーブルに置き、コンラートはベッド脇《わき》の椅子《いす》に腰かける。

そのままアルマに手を伸《の》ばすと――ぎりぎりっと力いっぱい鼻をつまみ上げた。

「いたいいたいいたいいたいいたい！」

「あなた馬鹿なんですか？　男に交じって酒の呑み比べなんて」

「ぎぃーっ、離してくださいーっ！」

すぐに解放され、アルマはひいひいと真っ赤になった鼻を撫《な》でさする。

コンラートはそれを見て「はあ」とため息をついた。

「まさか酔い潰《つぶ》れるまで呑むなんて……。シャルロッテ嬢が呼びにきてくれなければあなた、庭で夜を明かしていたかもしれないんですよ」

「す、すみません……」

眉尻《まゆじり》を下げるアルマを前に、コンラートが再び深い嘆息を漏らす。

「というかあなた、お酒、かなり呑めるんですね。お好きなんですか？」

「ソ、ソレホドデモ？」

「空の酒瓶《さかびん》を抱《かか》えて幸せそうに爆睡《ばくすい》していた人に言われても説得力ありません」

（うっ、言《い》い逃《のが》れ出来ない……）

アルマは手元の毛布を掴《つか》みながら、もじもじと答えた。

「実は、そうなんです……」

「……どうして今まで黙っていたんです？」

「その、お酒が好きだと言うと驚かれることが多くて……。だからコンラート様も幻滅《げんめつ》されるかな、と思ってずっと隠していたんです」

「人の部屋の扉を破壊《はかい》して、あげくベッドに押し倒して説教することのほうが、世間的にはよほど嫌がられると思いますが」

「ぐっ……あれはやむにやまれぬと言いますか……」

逃げ場ナシという状況《じょうきょう》に追い込まれ、アルマはだんご虫のように縮こまる。

コンラートはしばしその様子を眺めていたが、やがて「ふっ」と笑みを零《こぼ》した。

「冗談《じょうだん》ですよ。逆に聞きますが、さっき、わたしが酒を呑めないと知って、あなたは失望しましたか？」

「い、いえ!?　そんなことはまったく――」

「そういうことです。少なくともわたしは、お酒が好きというだけであなたを嫌いになったりはしません」

「……は、はい」

「とはいえ、今日のようなことはもう勘弁《かんべん》してほしいですが」

呆《あき》れたように笑うコンラートを前に、アルマはほっと胸を撫で下ろす。

すると彼は突然椅子から立ち上がり、近くの戸棚《キャビネット》を開けた。

中から取り出したのは、年季の入ったワインボトルだ。

「そんなにお酒が好きなら、これを差し上げましょうか？」

「これって……えっ!?」

差し出された瓶《びん》のラベルを見て、アルマは目を見張る。

メルヴェイユーズのヴィンテージ物。超《ちょう》高級品だ。

「こ、こんな素晴らしいもの、いいんですか!?」

「そんなにいい品なんですか？　亡《な》くなった父が愛飲していたものを、部屋から一本だけ持ち出したんですが」

「亡くなったお父様……って……」

それを聞いたアルマは青ざめ、もげそうなほど首を左右に振った。

「そ、それって形見ですよね!?　コンラート様が呑まないと」

「知ってのとおり、わたしは下戸《げこ》です。酒は呑めません」

「じゃあ、どうしてわざわざ……」

「……父がいつも呑んでいたものだったから、手放しがたかったのかもしれません。ですがこのままではワインも可哀《かわい》そうですし……。あなたなら、美味しく呑んでくれそうだなと」

「そんな話をされて嬉々《きき》としていただけるほど、酒に溺《おぼ》れてはいないです……」

「おや、そうでしたか」

んなっ、とアルマが鼻白《はなじろ》むのを見て、コンラートが短く笑った。

「……本当なら、父が元気なうちに一緒に呑めれば良かったんでしょうが……。晩年の父はひどく衰弱《すいじゃく》していましたからね。大きくて立派だった手が痩《や》せて枯れ枝のようになり、赤黒いしみまで浮き出ていたことを、人格が変化した今ならはっきりと思い出せます」

「…………」

「そんな父の姿を見ることが耐えがたくて……わたしの足は次第《しだい》に、彼の部屋から遠のきました。結局入れたのは、亡くなったあとだなんて……。今思えば、なんて幼稚《ようち》だったんでしょうか」

ボトルを戸棚に戻したあと、コンラートはサイドテーブルに置いていたグラスの片方をアルマに差し出した。

「どうぞ。会場にあった水を適当に注《つ》いできました」

「あ、ありがとうございます」

受け取ったアルマは、両手でしおらしくそれを持つ。

先にグラスを傾《かたむ》けるコンラートを見ながら、おずおずと口を開いた。

「あの、お父様のことなんですけど……。たしかに、覆《くつがえ》せない後悔《こうかい》というものは、あると思います……」

「…………」

「で、でも！　コンラート様がこうして、自分の呑んでいたお酒を大切に持っていてくれただけで、お父様はきっと喜んでおられるのではないかと――」

何を言っても慰《なぐさ》めにならないと分かりつつも、アルマは懸命《けんめい》に言葉を探す。

すると彼が突然上体を傾け、そのままベッドにいるアルマに迫《せま》ってきた。

「――!?」

あわや唇《くちびる》が触《ふ》れ合いそうになり、アルマは持っていたグラスをすぐさまサイドテーブルに置くと、大慌《おおあわ》てで彼の両肩《りょうかた》を摑む。

「ま、待ってください！　私、そういうつもりじゃ――」

だがコンラートは、アルマの肩に頭を乗せたまま微動《びどう》だにしない。

密着した距離にアルマがドギマギしていると、しばらくして、すう、すうと規則的な寝《ね》息《いき》が聞こえてきた。

「……？」

アルマはコンラートの体を支えつつ、置いたグラスにそろそろと手を伸ばす。

くんくんと何度か鼻を動かしたあと、いぶかしげに眉《まゆ》をひそめた。

「これ……水じゃなくて、お酒じゃない？」

ものすごく薄《うす》くだが、ほのかにアルコールの匂《にお》いがする。

酒に詳しくない彼は、透明《とうめい》だからという理由で水と勘違《かんちが》いしてしまったのだろう。

「コンラート様、起きてください！」

なんとか押し戻そうとするが、泥酔《でいすい》しているのかびくともしない。

それどころか、アルマの細腕《ほそうで》では姿勢を保つのもつらくなってきた。だんだん上体がこちらに倒《たお》れかかってきて――

「あの！　ちょっと！　潰れるんですけど⁉」

コンラートの体格には敵《かな》わず、限界を迎《むか》えたアルマはついに彼に圧《お》し潰される形でベッドに身を投げ出した。

（もういっか……。このままで……）

自分の部屋に戻ろうかとも考えたが、気づけば彼の両腕《りょううで》がアルマの腰にしっかりと巻きついており、どうやってもはがせる気がしない。

どのコンラートも、何故《なぜ》かその癖だけは変わらないようだ。

「とりあえず、今日はお疲れさまでした……」

眼鏡を外してやると、無防備な寝顔《ねがお》が露《あらわ》になる。

アルマは小さく笑みを浮かべると、そっと彼の頭を手のひらで撫でた。

「おやすみなさい……」

やがてアルマもまた、眠たそうに「ふわぁ」と大きくあくびをした。


翌朝。

ベッドで目覚めたアルマはうーんと大きく体を伸ばした。

隣にいたコンラートはいつの間にか背を向け、毛布を被《かぶ》って丸くなっている。

「コンラート様、そろそろ起きてください」

「ん……」

コンラートが緩慢《かんまん》な動作で寝返りを打つ。

アルマの顔を間近で見た途端《とたん》、その頬が一気に赤くなった。

「なっ⁉　えっ、どっ、ぼ、ぼく、どうしてアルマさんと、こ、こんなとこに⁉」

「もしかして……人格替わってます？」

「えっ、いや、替わったっていうかその、なんか『怒りんぼ』が酔ってて、出てこられないみたいだったから、多分代わりに……」

（自分の中で酔い潰れるとはなんと器用な……）

慌てふためく『気弱閣下』を、何もありませんでしたからと宥《なだ》める。

するとコンコン、と硬質《こうしつ》なノックの音が室内に響《ひび》いた。

「旦那様、早くに申し訳ございません。その、間もなくお客様がお見えになるので、そろそろお支度《したく》をしていただければと――」

「……お客様？」

二人の声がハモり、アルマは怪訝《けげん》な顔でコンラートの方を振り返る。

『気弱閣下』はすぐにサイドテーブルにあった書類を掴んだ。

「……午前中に陳情《ちんじょう》が二件、会食が一件、午後に面会一件、お茶の時間に報告会、そのあと侯爵夫妻の来訪、晩餐《ばんさん》――」

「もしかしてそれ、今日の予定ですか……？」

「同じようなのがあと四枚あります……。それからこの書類と、あとこれは……締《し》め切りが今日の昼までで……。こっちの報告書は明日まで……」

（そういえば、仕事が溜まってるって言ってたわ……）

本来ならば昨日で終わらせるはずの案件が、パーティーやその後のあれそれですっかり後回しになってしまったのだろう。それにしたって詰め込みすぎでは。

「ア、アルマさんんん！　ぼく、ど、どうしたら……!!」

「私も手伝いますから！　ほら、すぐ泣かない!!」

コンラートの中で、いまだすやすやと熟睡《じゅくすい》しているであろう『眼鏡閣下《仕事バカ》』に恨《うら》み節《ぶし》を吐《は》きつつ、二人は大急ぎで朝の支度を始めるのであった。

それから三日間は、まさに地獄《じごく》のような日々であった。

小休止すら許されない超過密スケジュール。次から次へと訪れる来客。談笑《だんしょう》。決裁《けっさい》。会食。書類作成。押印《おういん》。来客。以下エンドレス。

早く『眼鏡閣下』に替わってくれと二人で懸命に願うも効果はなく、「もう無理怖いダメです」とネクタイをほどいて逃げ出そうとする『気弱閣下』を、アルマは必死になって机に向かわせ続けるのであった。


そして四日目。

仕事が一段落したアルマは、久しぶりに庭園へと出ていた。

「疲れた……」

空は相変わらずの曇《くも》り空《ぞら》で、夜には雨が降り出しそうだ。

アルマがぼんやりと見上げていると、その眼前を大きな青い蝶が通り過ぎる。

（あれは……もしかしてエーディン⁉）

今度こそ、とアルマは慎重《しんちょう》に追いかける。

蝶が向かっていたのは前回遭遇《そうぐう》した時と同じ、エヴァハルト家の墓地だ。

「またここ……」

すると柵《さく》の奥に、小さな花束を持つコンラートの姿があった。

たしか今朝もまだ『気弱閣下』のままだったはずだ。

「あの――」

アルマが呼びかけたのとほぼ同時に、エーディンがコンラートの眼前に下りていく。

彼はびくっと肩を震《ふる》わせたあと、ようやくこちらを振り返った。

「びっくりした……アルマさん、どうかしましたか？」

「あ、いえ。珍しい蝶がいたので追いかけていたら……」

「ああ、これですね」

そう言うとコンラートは困ったように眉尻を下げた。

「この蝶、ここにだけすっごく集まってくるんですよね。他の場所には全然いないのに……」

「ここって？」

「お父さんのお墓です。……三年前に亡くなった」

年齢《ねんれい》は五十二歳。突然の死であったという。

「まだ、お若かったんですね……」

「……はい。ぼくが小さい頃、お母さんが病《やまい》で亡くなって。でもお父さんは再婚《さいこん》することもなく、たった一人でこの家を守り続けていました。でも――」

伴侶《はんりょ》を失った悲しみに少しずつ心を蝕《むしば》まれたのか、いつしか父は自室に引きこもりがちになった。睡眠《すいみん》もあまりとれずにいたようで、医師から処方される薬の量も増えた。

だが一向に改善せず、次第に酒に頼《たよ》るようになったという。

「やがて体を壊《こわ》してからは、あっという間に亡くなりました。他界してすぐ、後継《こうけい》としての手続きや保険金の受け取りをすませて、相続に関する書類を作って――あの時はほんとに……泣いている暇もないくらい、忙《いそが》しかったな……」

葬儀《そうぎ》はすべて、叔父《おじ》であるヘンリーが取り仕切ってくれた。

父の姿を目にしたのは棺《ひつぎ》に納める時だけで、当時は「悲しい」という感情すら湧《わ》いてこなかったらしい。

「すみません突然、こんな話」

「い、いえ……」

かける言葉が思いつかず、アルマは思わず俯《うつむ》いた。

すると突然コンラートから強く引っ張られ、そのまま腕《うで》の中へと抱きしめられる。

「コ、コンラート様⁉」

「動かないで」

コンラートは花を剪《き》るために持っていた鋏《はさみ》をすばやく投擲《とうてき》した。

どすっと地面に刺《さ》さる鈍《にぶ》い音がして、アルマは恐る恐る振り返る。見れば毒々しい色をした蛇《へび》が、しゅるしゅると泳ぐように森へと逃げていった。

「へ、蛇‼」

「びっくりした……怪我《けが》はないですか？」

「は、はい……。でもすごいですね、その、ハサミ投げるの」

「え？　ああ、これは魔法による一時的な——ぼくになっている間だけの技能ですね。全体的な運動能力が向上しているみたいです」

「へえー……」

「まあ社交性とか頭の良さとか、公爵として大事な部分は、全部他の感情が持ってっちゃったんで、単なる残りカスってだけなんですけど……」

「そ、そんなことありませんよ⁉」

油断するとすぐ自虐的《じぎゃくてき》になる『気弱閣下』を、アルマは慌ててフォローする。

そこでふと、きらりと光るものが視界の端《はし》をよぎった。

「また蛇⁉」とすくみ上がったが、どうやらそんなに大きなものではない。

（糸？　違う、あれは――）

よく見ると、高い庭木に立派な蝶のさなぎがくっついていた。

どうやら枝の先に張りつくための糸に水滴《すいてき》がつき、反射で光って見えたようだ。

しかし――

（あんなに目立つところ……大丈夫かしら？）

さなぎの間は外敵に狙われやすいので、身を守れる場所にいるのが好ましい。だが往々にして選択を間違《まちが》えることも多いのだ。

（すぐにでも移動させないと――）

アルマはコンラートの袖を引くと、さなぎの方を指差した。

「あの、コンラート様。お願いがあるんですが」

「はい？」

「あの子なんですけど――」

　コンラートは求められるままに上を向く。

　だが次の瞬間《しゅんかん》、見たこともないような大量の汗《あせ》をぶわっと噴《ふ》き出した。

「あ、あれって、さなぎ、ですよね……」

「え？」

「す、すみません、ぼく、虫が、嫌いで……」

（あっ……）

　その反応を目にしたアルマはすぐに口をつぐんだ。

　蓋《ふた》をしていたはずの過去の記憶が、脳裏《のうり》にありありと甦《よみがえ》る。理解出来ないものを見る、忌避《きひ》するような周囲の眼差《まなざ》し――

（ど、どうしよう、私……）

　それ以上コンラートの反応を見るのが怖くなり、アルマは慌てて首を振った。

「す、すみません！　なんでもないです！」

「えっ？　で、でも……」

「行きましょう！」

コンラートの背中を押すようにして、アルマは本邸《ほんてい》への道を戻っていく。

その途中、一回だけさなぎを振り返り——またすぐに前に向き直るのだった。


その日の夜。

食事を終えたアルマは自室の窓から庭を見つめていた。

（あの子……。きっとまだあのままよね……）

結局昼間はコンラートの手前、救出《きゅうしゅつ》を断念してしまった。

だがあのまま放置しておけば遅かれ早かれ、鳥や他の天敵に見つかってしまうだろう。

それに今にも降り出しそうな空模様だ。豪雨《ごうう》になったらどうなることか。

（やっぱり、なんとかして助けてあげたい……。梯子《はしご》を使えば届くかしら？　でもなんて言って借りたらいいのか……）

籠《かご》に入れられたクワガタのように、うろうろと室内を歩き回る。

そのうち、窓ガラスにぽつぽつと大きな雨粒《あまつぶ》がつき始めた。

「雨が……！」

アルマは急いで部屋を出ると、いちばん近い厨房《キッチン》の勝手口から庭へ向かう。

雨は一気に激しくなり、視界もままならないほどのどしゃ降《ぶ》りになってきた。

「どうしよう、とりあえず傘《かさ》を——」

しかし一歩踏《ふ》み出そうとしたところで、目の前の茂《しげ》みから人影が現れた。

それを見たアルマは、反射的に大きな声をあげてしまう。

「ぎゃーっ⁉」

「……？　アルマさんですか？」

「コ、コンラート様⁉」

覚えのある声によくよく前を見ると、そこには傘も持たずずぶ濡《ぬ》れになったコンラートが立っていた。その手には、何重もの麻袋《あさぶくろ》で覆《おお》われた謎《なぞ》の塊《かたまり》がある。

「どうしたんですか？　こんな雨の中……」

「タイミング悪く降り始めちゃって。ああでも、ちょうど良かった。これ」

「これって……」

謎の塊を渡され、アルマはたどたどしい手つきで包みを剝ぐ。

すると中からしっかりと栓をされた巨大《きょだい》なガラス瓶が現れた。おそらく果実酒を漬《つ》け込む時に使うものだろう。

しかし中に入っていたのは酒ではなく、立派なさなぎがくっついた枝。

「もしかして昼間の……」

「アルマさん、このさなぎのこと、ずっと気にしてましたよね。羽化《うか》できるか心配だったんじゃないですか？　そしたら天気が悪くなってきて……よく分かんないけど、避難《ひなん》させたほうがいいのかなって」

えへへ、とはにかむコンラートを前に、アルマは言葉を失っていた。

だが目にじわっと涙《なみだ》を滲《にじ》ませると、こくりと大きく頷《うなず》く。

「あ、ありがとうございます！　実は私……こういった昆虫がすごく好きで」

こんなことを言ったら嫌われるかもしれない、という不安がアルマの胸をよぎる。

しかしコンラートは「良かったあ」とにっこり微笑んだ。

「勘違いだったらどうしようかと思ってました」

「で、でも、コンラート様はお嫌いなんですよね？　それなのにどうして――」

「ぼくが苦手だからといって、アルマさんが好きなものを否定する理由にはなりません。それに、ぼくがあの時『虫が嫌い』と口にしたから、何も言えなくなっちゃったんですよね？」

「それは、その……」

「傷つけるようなことを言って、すみませんでした」

「い、いえ……」

よく見るとコンラートの手には、小さな傷が無数についていた。

瓶の回りをしつこいほどに覆っていた麻袋は、きっとさなぎが見えないようにという彼なりの苦肉《くにく》の策《さく》だったのだろう。

（『気弱閣下』のこと、ずっとただの『怖がり』だと思っていたけど……。でも裏を返せば、それは相手の心を同じように思いやれる『優《やさ》しさ』なのかもしれないわ……）

さらに雨が激しくなってきた。

厨房に戻ったところで、コンラートが小さく手を振る。

「渡せて良かったです。それじゃあ、おやすみなさい」

「はい。おやすみな――」

だがその手のひらから結構な量の血が滲み出ていることに気づき、アルマは再び「ぎゃー！」と飛び上がった。

「コンラート様、その手――」

「えっ？　ああ、枝がなかなか堅くて、力任せに折ったから」

「す、すぐ手当てしましょう！」

アルマは急いで彼の手首を取ると、近くの応接室へと駆け込む。

メイドたちにタオルや包帯などを持ってくるよう頼むと、コンラートをすぐさまソファに座らせた。

「あの、大丈夫ですよ？　これくらい、ほっとけば治るんで」

「大丈夫じゃないですよ！　怪我は怖いんです。破傷風《はしょうふう》とか、破傷風とか」

「破傷風ばかりですね……」

昆虫採集にあたって、庭師《ガーデナー》からさんざん脅《おど》されてきた言葉を思い出し、アルマは懸命にコンラートの傷を処置する。

そんなアルマを見ていたコンラートが、突然じわりと瞳を潤ませた。

「……良かったぁ……」

「？　何が良かったんですか。まああの傷ですよ、これ」

「そうじゃなくて、ぼく、アルマさんから嫌われたと思っていたから……」

「嫌う？　どうしてですか」

「だ、だって、アルマさんが好きなものを、目の前で『嫌い』って言っちゃったし……。だからぼくに本当のこと、言ってくれなくなるかもって……」

「…………」

それを聞いたアルマは、包帯を巻き終えたコンラートの手を軽く握った。

「嫌いになんて、なるはずありません」

「アルマさん……」

「コンラート様が何を好きでも、嫌いでも……関係ないです」

その言葉は、そのままアルマ自身へとはね返る。

本当は――何が好きでも、何が嫌いでも、どちらでも良かったのだ。

ただ、そのことを否定しないでほしかっただけ。

「あの子を救ってくれて、本当にありがとうございます」

「そんなに喜んでもらえて良かったです。ぼくが虫を好きになる可能性は、その、多分、だいぶ低いと思うんですけど……。でも、アルマさんが好きなものを否定したくはないし、好きなものを、好きなままでいてほしい」

「コンラート様……」

「あなたが好きなものは、ぼくが必ず守ります。だから、安心してください」

「……はい」

少女の頃、とっさに虫を隠してしまった自身の姿を思い出す。

あの時の自分が、嬉しそうに両手を差し出す光景が脳裏に浮かび、アルマは知らず眦《まなじり》に浮かんでいた涙を拭った。

「じゃあ私も、コンラート様が好きなものを大事にします！　欲しいものとか、したいことがあればなんでも言ってください！」

「したいこと……」

コンラートはつぶやいたあと、じっとアルマの顔を見つめた。繋《つな》がれていた手をするりと解くと、アルマの頬におずおずと指先を伸ばす。

そのまま優しく引き寄せられ、二人の距離が一気に狭《せば》まった。

（これって、もしかして――）

小さく息を呑んだものの、アルマはそっと目を瞑《つぶ》る。

だがコンラートはぴたっとその場に静止すると、すぐに顔をそむけた。

「すっ、すみません！　その……」

「え、ええと……」

「て、手当て、ありがとうございました！　では‼」

そう言うとコンラートは勢いよくソファから飛び上がり、およそ人間離《にんげんばな》れした速度で去ってしまった。その後ろ姿をぽかんと眺めていたアルマだったが、しばらくしてぷしゅうと顔全体から湯気を噴き出す。

（うわーっ！　うわ――っ‼）

『気弱閣下』があのまま『怯《おび》え』てくれなかったら、今頃《いまごろ》は――

アルマは顔を真っ赤にしたまま、余った包帯を幾度《いくど》となく巻き直すのだった。


そうして一夜が明け。

アルマはまたも自分の部屋をうろついていた。

（いつもならこの時間、人格の確認も兼《か》ねて、コンラート様のところに朝の挨拶に行くんだけど……）

昨夜の『気弱閣下』との一幕を思い出し、じわじわと赤面する。だがこのままでは埒《らち》が明《あ》かないと、廊下《ろうか》に続く扉を勢いよく開けた。

するとすぐ目の前にコンラートが立っており、アルマはうっかり絶叫《ぜっきょう》する。

「きゃぁ!?」

「びっ……くりしたー。もしかしてどこかに出かける予定だった？」

「い、いえ！　というかあの、もしかしなくても人格替わってます？」

「うん。『泣き虫』じゃなくて残念だった？」

「とんでもない！」

金の瞳だと気づき、アルマはほっと胸を撫で下ろした。

コンラートは長い前髪をかき上げ、そのまま包帯の巻かれた手を掲《かか》げる。

「困るよねえ。おれの体にこんな傷をつけるなんて」

「す、すみません！　それ、私のせいなんです」

「知ってるよ。あいつが膝を抱えてたから、おれが代わりに出てきたくらいだし」

「え!?　まさか別のところにも怪我をしていたとか……」

「ううん。そうじゃなくて、なんか『ぼくってほんと意気地《いくじ》なしです……』って落ち込んでたから、違う理由なんじゃないかな？　いやー若い若い」

すると『軟派閣下』は身を屈《かが》め、アルマの耳元で囁いた。

「ねえ、あいつには許す気だったの？」

「は⁉」

「キス。だって……ねぇ？」

その瞬間、再び昨日のことを思い出してしまい、アルマはひとり赤面する。

「あ、あれは手当てをしていただけで、そんな、特に何も……」

それを見たコンラートは不満げに唇を尖《とが》らせた。

「あーあ。ほんっとずるいよなあ。一人だけ好感度上げてさ」

「べ、別に、そういうわけでは」

「というわけで、今日はおれの番ね」

するとコンラートは、自然な動作でアルマの手をきゅっと握る。

「コ、コンラート様⁉」

「これくらいおれもいいでしょ？　ほら、ついてきて」

そう言って手の中の鍵を、これ見よがしに見せたのだった。

案内されたのは、かつてアルマが見つけた古い温室だった。

「ここって……」

「きみに言われて、ちょっと整えさせたんだ。さ、どうぞ」

コンラートは繋いでいた手を離すと、慣れた手つきで扉の鍵を開ける。

足を踏み入れたそこは、想像していた以上に美しい空間だった。

（綺麗……）

半球状の屋根は透明なガラス張りで、日照のとぼしいエヴァハルトでも太陽の光を効率良く採《と》り込んでいる。降り注ぐ日差しが温室全体を明るく照らし、至る所がきらきらと輝いて見えた。

ただ植物はすべて枯《か》れており、煉瓦《れんが》を積み重ねて作られた花壇だけが並んでいる。

それらの間を歩いていくと、やがて老朽化《ろうきゅうか》した四阿《あずまや》にたどり着いた。

「軽く掃除《そうじ》はさせたけど、中のものは一度すべて入れ替えないといけないかな。けど、少しでも早くきみに見せたくて」

「あ、ありがとうございます！　でも、良かったんですか？」

「何がだい？」

「い、いえ、ここはお母様の温室で、その……あまり他人を入れたくない場所だと思っていたので……」

それを聞いたコンラートはぱちぱちと瞬《まばた》き、軽く「ははっ」と笑った。

「まあそうだね。……というかほんとはおれ、ここに入っちゃいけないんだ」

「えっ⁉」

「だけど、きみが喜んでくれるなら、もういいかなって」

（……？）

要領を得ない返答に、アルマは再び疑問符を浮かべる。

一方コンラートはにこっと微笑むと、アルマに向かって問いかけた。

「どう？　おれのこと、好きになった？」

「それ毎回聞いてきますけど、全員コンラート様なのに意味あるんですか？」

「大ありだよ。きみのいちばんになりたいからさ」

「はあ……」

適当な返しのコンラートに呆れつつ、アルマはかねてからの疑問を口にした。

「あの、皆さんは元々、コンラート様の中にあった感情なんですよね？」

「うん。そうだよ」

「ならどうして……もっと早く、私にそれを見せてくれなかったんでしょうか？」

ただただ寡黙《かもく》で、不器用な人だと思っていた。

でも彼の中には無邪気に何かを楽しむ気持ちも、ちょっと意地悪で自己中なところも、子どものように怖がる面もちゃんと存在していたのだ。

そんなアルマの問いかけに、『軟派閣下』は穏《おだ》やかに答える。

「まあ、あいつ自身が隠していたからなあ」

「隠していた？」

「うん。……生きてく上でさ、我慢しないといけないことっていっぱいあるじゃない？　毎日遊んでばっかりはいられないっていうか」

「ソウデスネー」

「……言っとくけど、今日の分の仕事は片づけてきたからね。で、楽しいこと以外にも、ここで怒《おこ》ったら話が進まなくなるなーとか、怖がっていたら何も出来なくなるぞーとか、感情が正しい意志決定を阻害《そがい》してしまうことって多いんだよ」

「それはたしかに……」

「だからあいつはいつからか、おれたちを少しずつ、心の奥底に閉じ込めていった。そうすることでしか領民を、公爵家を――自分の心を守れなかったから」

「心……」

喜びも、怒りも、怯えも。

すべてを最小限にして、隠して、殺して――そうして残ったのは。

（……『悲しみ』……？）

彼に初めて会った時、その目はとても寂しそうに見えた。

それはきっと頼れる者もなく、たった一人で闘っていたから――

「そう、だったんですね……」

「うん。……でもきみが来てくれた。アルマ」

　金の瞳のコンラートが、嬉しそうに目を細める。

「魔法でこんなんなっちゃったけど、きみと出会ってから、間違いなくあいつの感情は揺さぶられていたよ。それはもうびっくりするくらい」

「そ、そうなんですか？」

「もちろん。例えばほらあれ、古臭《ふるくさ》い婚約指輪」

「ふ、古臭い……」

「あれさ、あいつが自分でデザインしたんだよね。きみにはもっと小さくて淡い色の宝石が似合うのに、不器用だから伝統的な意匠《いしょう》を守らねばとか、あだ名にちなんだ石を喜ぶかもしれないとか。誰にも相談しないまま、結局ずーっと一人で悩《なや》み続けて」

「あの指輪って、コンラート様が考えたんですか⁉」

　薄暗《うすぐら》い書斎《しょさい》でたった一人、何枚ものデザイン画と奮闘《ふんとう》するコンラートの姿を想像し、アルマは思わず目をしばたたかせる。

「そうだよ。きみがどんなのが好きか、どんなのがふさわしいか試行錯誤《しこうさくご》して……。その時間だけ、あいつは少しだけ『嬉しい』という感情を思い出していた。……ふふ、おれのことなんて、もうとっくに忘れたと思っていたのにね」

そう言って微笑む『軟派閣下』は普段の享楽的《きょうらくてき》な彼ではなく、まるで年の離れた弟を見守る兄のようだった。

アルマがその横顔を見つめていると、コンラートがひょいと手を繋いでくる。

「そういえば、きみもずいぶん『擬態』しなくなったよね」

「えっ⁉　あっ、なっ、何が」

「またまたぁ。ここに来たばかりの時は、それこそ借りてきた猫《ねこ》みたいにおとなしかったじゃない。ま、最初にやめたのはあの四阿の夜だろうけど」

「うう……」

「でもおれは、今のきみのほうがずっといいと思うよ」

にこにこと満面の笑みで肯定《こうてい》され、アルマはつい恥ずかしくなる。

だが同時に、これまでの出来事を思い返していた。

(何かに擬態して、助けられたことはたくさんあった。でも……たしかにコンラート様の前でなら、もうありのままの私でいいのかも……)

彼らには恥ずかしいところも、情けないところも全部見られてしまった。

それでもこうして、傍にいてくれるのだから。

「じゃあコンラート様も、時々ごまかすのやめてくださいね」

「ごまかす？」

「はい。さっきだって、適当に答えたじゃないですか」

「ああ、どうしていつも『おれのこと好きになった?』って聞くの、ってやつ?」

するとコンラートは、ふっと視線を遠くに投げた。

「……ほんとはね、単に自信がないだけなんだ」

「自信?」

「うん。だっておれは、仕事が出来るわけでもないし、運動神経が優《すぐ》れているわけでもない。ただ人の顔色を窺って、相手が何を望んでいるのかを見定めるだけ。……おれたちの中でいちばん、いらない感情だから――」

寂しそうに苦笑するコンラートを見て、アルマは繋いだ手に力を込める。

「いらないわけ、ないじゃないですか」

「……アルマ?」

「楽しいって、大切なんですよ! それがないと人生回らないくらい!」

出会った直後のコンラートを思い出す。

暗い部屋。綺麗なはずの青い瞳には、絶望にも似た色が広がっていて――

「私はお酒を呑んでいる時がいちばん楽しいし、昆虫たちを観察している時、ものすごく幸せです。それになんの意味があるのかと聞かれても、正直分かりません。でも多分、それでいいんですよ」

「………」

「いらないなんて、言わないでください。私にとっては、あなたも大切なコンラート様なんですから……」

アルマの激白に、『軟派閣下』はしばし言葉を失っていた。

だがすぐに口元をほころばせると、そっとアルマの方に身を寄せる。

「それ、ほんと？」

「本当です。なんならもう一回言いましょうか？」

「……いいよ。きみの顔を見れば、分かるから」

コンラートが小さく笑ったのを見て、アルマは彼の本質を垣間見《かいまみ》た気がした。

（この人、実はすごく『思慮深《しりょぶか》い』のかも……。明るく見せているけど、それはきっと周囲への気配りでもあったんだわ……）

するとコンラートは、さりげなくアルマの腰に手を回した。

「ふふ、でも嬉しいな。大切だなんて」

「えっ？」

「それってもう、おれがいちばん『好き』ってことで良くない？」

いきなりぐっと距離を詰められ、コンラートの手がアルマの頬に伸びる。上を向かされたかと思うと、そのまま彼の唇が近づいてきて――

「そこまでは言ってません！」

「ちえー」

両手で顔の前をガードされ、コンラートはしぶしぶ上体を起こした。

「まあいいや。じゃあせめて、今日は一日デートしてよ」

そう言うとコンラートは、アルマの手を繋いだまま歩き出した。庭園の中を見回しながら「懐《なつ》かしいなあ」と子どものように目を輝かせる。

そんな彼を見ながら、アルマもまたようやく眦を下げた。

（人格がバラバラになった時はほんと、どうしようと思ったけど……）

『軟派閣下』の人を魅了《みりょう》する明るさ――思慮深さ。

『眼鏡閣下』の揺るぎない怒り――真面目さ。

『気弱閣下』の過剰《かじょう》なまでの怯え――優しさ。

それらはきっとすべて、最初のコンラートの中にもあったもの。

（おかげで前よりずっと、コンラート様のことが分かった気がする――）

しかしアルマはふと、これから先に待ち受けている未来を思い出した。

クラウディアが帰ってきて、魔法が解けたら――今の交代人格《コンラートたち》は失われ、一人のコンラートとしてまとまるのだろう。

つまり今の彼らは全員いなくなってしまう。

（ちょっと、寂しいな……）

彼らと過ごす賑やかな毎日が、今ではもう自分の日常になっていて。

でもみな同じコンラート様。

すべてがなくなるわけじゃない。

それを理解していてもなお――アルマの心には、一抹《いちまつ》の寂しさが残るのだった。

そんな感慨《かんがい》を覚えた翌日、再びクラウディアからの手紙が届いた。

『あとひと月ほどでそちらに戻る』という内容を確認し、アルマは静かに俯く。

（コンラート様に、伝えておかないと……）

重たい足取りで彼の部屋へと向かう。

だがあいにく不在で、執事長いわく書庫《アーカイブ》にいるだろうとのことだった。

「コンラート様、おられますか？」

書庫の扉を叩《たた》くが返事はなく、アルマは「失礼します」と入室する。

部屋の隅々《すみずみ》まで並べられた書棚《しょだな》には、おびただしい蔵書がずらりと収まっていた。奥にはもう一つ部屋が続いており、アルマはそちらに移動する。

眼鏡をかけたコンラートを発見したものの、その場でぴたっと足を止めた。やがて普段より控えめな彼の声が聞こえてくる。

「……今さら、どうやってあなたに『好き』だなんて言えるでしょうか？　他ならぬわたし自身が、その気持ちを否定したくせに――」

（――えええっ⁉）

アルマは思わず近くの棚《たな》の裏にしゃがみ込んだ。

心臓が異常なまでに拍動《はくどう》し、動揺《どうよう》のあまり目を回しかける。

（ど、どど、どういうこと⁉）

すると物音に気づいたのか、コンラートがこちらに近づいてきた。

アルマは慌てて逃げ出そうとしたが、すぐに見つかってしまう。

「あなた……どうしてここに？」

「す、すみません！　その、ちょっと話したいことが、あって……」

まともにコンラートの顔が見られず、アルマはぎこちなく視線をそらす。

その途中、彼が本を開いていることに気づいた。

（あれって、前見た恋愛小説の、続き……？）

そこでようやく、コンラートが『恋愛小説の一ページ』を読み上げただけだと気づき、大げさに胸を撫で下ろした。

「うわーびっくりしたー」

「なんですか。人の顔を見るなり赤くなったり驚いたり」

「な、なんでもありません！」

ぶんぶんと首を振るアルマを前に、コンラートは訝《いぶか》しげに眉根を寄せる。だが突如「はっ」と目を見張ると、手にしていた本をささっと背後に隠した。

「ですがまあ、捜《さが》しにいく手間が省《はぶ》けました。再来週、王宮でパーティーがあることを伝えようと思っていたところです。あなたもその心づもりで」

「分かりました。王宮なんて、ちょっと緊張《きんちょう》しますね」

「何を今さら。わたしの隣に立って、代わりに杯《さかずき》を貰《もら》うだけです」

「パートナーではなく、まさかの酒呑《さけの》み代打要員⁉」

目を見張ったアルマを前に、彼は「ふっ」と楽しそうに口元をほころばせた。

「冗談です。ところで、あなたの用事はなんだったんです？」

「あっ、忘れてました。実はその……」

アルマが手紙の内容を伝えると、コンラートは顎《あご》に手を添えた。

「そうですか、伯母上《おばうえ》が……」

「はい。こちらにお見えになり次第、状況をご相談しようかと」

「なるほど。……ようやくわたしたちはお役御免《やくごめん》、という訳ですね」

淡々《たんたん》としたコンラートの物言いにアルマは言葉を濁《にご》らせる。

「すみません、その……」

「何を謝ることがあるんです。あなたらしくもない」

「で、でも、皆さんが……」

「あの『馬鹿』が嫌がっていただけで、わたしは特段何も感じていませんよ。そもそもわたしたちは魔法によって作り出された一時的な人格に過ぎません。消えることが当然の摂《せっ》理《り》でしょう」

そう口にしながら、コンラートはすたすたとアルマの前を通り過ぎる。

そのまま振り返ることもなく言葉を続けた。

「しかしそうなると――次があなたと出る、最後のパーティーになるのでしょうね」

「は、はい。おそらく……」

「主催者は第二王子殿下《でんか》です。決して彼の不興《ふきょう》を買ったり、粗相《そそう》などないように」

「き、気をつけます」

「それから――」

コンラートは、何故か「んんっ」と咳払《せきばら》いした。

「新しいドレスを用意してあります。パーティー当日はそれを着るように」

「えっ？　でもドレスなら、以前コンラート様にいただいたものが」

「却下《きゃっか》します。……どこの世界に、他の男から贈《おく》られたドレスを『婚約者』に着せたいと思う男がいるんですか」

それだけ言い終えると、コンラートは書庫からいなくなってしまった。

一人取り残されたアルマは、先ほどの言葉を反芻《はんすう》する。

（他の男って言っても、どっちもコンラート様なんですけど……）

嬉しいような、むずがゆいような――だが同時に、この日々がまもなく終わりを迎えることを改めて意識し、アルマは口を閉《と》ざすのだった。

そして小旅行ともいえる馬車での移動を経て――

空に美しい月が浮かぶ、王宮の中庭。

アルマは新しいドレスを身にまとい、隣に立つコンラートの腕を取った。

ただし当の彼は、まるでこの世の終わりが来たかのようにがたがたと震えている。

「アルマさん……ぼくはもう無理です……。ここに捨てていってください……」

「まだ着いたばかりですよ？　しっかりしてください」

「いやもう人が多いだけでもだめなのに、その上こんなきっちりした正装……。ゔっ、ネクタイ外してもいいですか……」

「だめです！　ここは公爵邸《こうしゃくてい》とは違うんですから」

（うう、このタイミングで『気弱閣下』になっちゃうなんて……）

『眼鏡閣下』の瞳の色を表したのであろう、エメラルドグリーンのドレス。

普段つっけんどんなあの彼が、何を考えてこれを手配し、見た時にどんな反応をするのか――それを楽しみにしていたアルマは、ちょっとだけしょんぼりしてしまう。

するとと会場の端から、シャルロッテがいそいそと近づいてきた。どうやら彼女も招待されていたらしい。

「あ、あの、アルマ様！　先日は危ないところを助けていただき、本当にありがとうございました」

「とんでもない。私のほうこそ、見苦しい姿でお目汚ししました。シャルロッテ様がコンラート様を呼んでくださらなかったら、どうなっていたことか」

そこでシャルロッテは、おずおずとコンラートの方に向き直る。

「エヴァハルト閣下にも大変失礼なことを申し上げました。お許しいただけるとは露《つゆ》ほども思っておりませんが、どうか謝罪だけでも――」

「あっ、いえ！　そんなに気にしないでください!!　こちらこそ、身内の口が悪くて申し訳ございません……」

「身内……？」

（あー待って、ややこしくなる！）

どうごまかそうと頭を抱えていると、会場の前方が何やら賑《にぎ》わい始めた。

「――今日は私の生誕記念パーティーへのお運び、感謝する。最後まで存分に楽しんでいってくれたまえ」

どうやら主催者である第二王子がようやく登壇《とうだん》したらしい。遠目で顔はよく分からないが、恰幅《かっぷく》の良い体つきと金色の髪をしている。

やがて彼の隣に、黒い布で覆いをされた仰々《ぎょうぎょう》しい何かが運ばれてきた。

「本日は余興として、このようなものを用意させた」

第二王子の合図とともに、謎の物体の両側に立っていた男女の宮廷道化師《ジェスター》が布を引き下ろす。

現れたのは柳細工《やなぎざいく》の巨大な籠《かご》。

小柄《こがら》な女性一人くらいなら入れそうな大きさだ。

籠の中では、多数の蝶たちがばさばさと羽ばたいていた。

翅《はね》は綺麗な紫色で、まるで光を放つかのように淡く輝いている。

（……？　あれは――）

（何あれ……。どうしてあんなにたくさん――）

アルマの胸に一抹《いちまつ》の不安がよぎる。

その懸念《けねん》は的中し、第二王子は籠を指さしながらにっと白い歯を見せた。

「これは南の大陸ロサ・アロバにしか生息しない希少な蝶で、月の光を受けて紫に輝くという。見てのとおり美しいだろう？　だがこれにはもう一つ、別の楽しみ方があって——」

そう言うと第二王子は、脇にいた道化師たちに目配せした。

男の手にはいつの間にか弓矢が握られており、第二王子とパーティーの参加者らに恭《うやうや》しくお辞儀《じぎ》をしたかと思うと、そのまま籠に向かって矢を番《つが》える。

女が鏃《やじり》に手を伸ばす——赤い炎《ほのお》がゆらりと立ち上った。

「なんとも珍しいことに、燃やすとこの紫色の翅がほんの一瞬だけ、それはそれは鮮やかな赤色に変化するという！　まさに命の輝きともいえる深紅《しんく》のきらめき。それらがこの夜空に映える素晴らしい光景を、ここにいる諸兄姉《しょけいし》のお目にかけよう——」

(嘘でしょ……⁉)

アルマは息を呑み、震える唇をぐっと引き結ぶ。

たまらず周囲の反応を見るが、初めて目にする催《もよお》しに興味津々《きょうみしんしん》の紳士《しんし》たちや、そもそも虫なんて気味が悪い、と顔をしかめている淑女《しゅくじょ》ばかりで、誰一人として止める気配はない。

（どうしよう、やめさせないと）

しかし余興に水を差すということは、主催者である第二王子の顔に泥《どろ》を塗《ぬ》るにも等しい行為《こうい》だ。とてもただではすまないだろう。

（でも、このままじゃ蝶たちが――）

射手の腕に力が込められたのを見て、アルマはたまらず前方へと駆け出した。

人だかりを必死にかいくぐるが、密集していて全然前に進めない。

「お願いします！　やめて、やめてください……！」

せめてもと思い懸命に叫ぶが、周囲のざわめきに混じってすぐにかき消されてしまう。

その間、籠の中の蝶たちは自らの危機を察したかのように、互いの翅を折る勢いでますます激しく飛び回っていた。

「お願い、やめて――」

その直後、『気弱閣下』のはっきりした声がアルマの耳に届いた。

「――大丈夫です、アルマさん」

「……？」

同時にばさりと重たい音がして、アルマの視界が突然真っ暗になる。

唯一《ゆいいつ》残った聴覚《ちょうかく》が「なんだ⁉」「おい、君！」とどよめく声を捉《とら》え、アルマは急いで自分の頭に被さっていたジャケットをどけた。

「コンラート様⁉」

その目に入ってきたのは、観客たちの頭上を軽々と飛び越えるコンラート。

壇上《だんじょう》に上がった彼は、そのまま射手の放しかけた火矢を力任せに蹴《け》り飛ばした。矢は直角に曲がり、運悪く第二王子のすぐ足元へと突き刺さる。

きゃああっと甲高《かんだか》い悲鳴があがり、兵士たちが壇上へと駆けのぼった。

「き、貴様！　何をする！」

「………………」

激昂《げっこう》する第二王子の声を無視し、コンラートはそのまま籠の方へと向かうと、鍵のかかった開閉部を両手で摑《つか》み破壊する。

大きく開いたそこから、閉じ込められていた蝶たちが一斉《いっせい》に飛び出した。

「な、なんてことを‼」

第二王子が絶叫する間にも、紫の蝶ははるかな高みへと一目散に逃げていく。

まるであまたの星粒《ほしつぶ》の欠片《かけら》が、きらきらと夜空に戻っていくかのようで——そんな美しい光景にアルマは瞳を潤《うる》ませた。

（良かった……）

だが安堵《あんど》したのもつかの間、せっかくの趣向《しゅこう》を台無しにされ、あげく足を焼かれかけた第二王子が烈火《れっか》のごとく怒り出す。

「衛兵！　早くその男を捕《と》らえろ‼」

会場の警備を担当していた兵士たちが、すぐさまコンラートを取り押さえた。

コンラートは拘束《こうそく》を解こうともがいていたが、一人の兵士の手によって長剣《ちょうけん》が振り下ろされる。

「――コンラート様‼」

アルマの叫びも虚《むな》しく、直後、ごっ、という鈍《にぶ》く重い音が響く。

逃げ遅《おく》れた一匹の蝶が――真っ白な月に向かってひらりと身を翻《ひるがえ》した。

第六章　昨日の敵は今日の友ですか？

悪夢の一夜が明け、ようやく朝を迎《むか》えた。

王宮の地下牢《ちかろう》へと続く冷たい廊下《ろうか》を、ヘンリーがこつこつと足早に歩いている。

アルマはその後ろを必死に追いかけていた。

「まったく……なんてことをしてくれたんです」

「……本当に、申し訳ございません」

「よりによって王子殿下《でんか》の機嫌《きげん》を損《そこ》ねるだなんて……。おまけに——」

ある牢の前で立ち止まる。

鉄格子《てつごうし》の向こうのベッドには、頭に包帯を巻かれたコンラートが横たわっていた。

看守《かんしゅ》に聞こえないよう、ひそっとヘンリーが囁《ささや》く。

「あいつが魔法にかかっていた、というのは本当ですか？」

「……はい」

「貰った婚約指輪をはめようとしたら突然——だなんて……。どうしてそんな大変なことを、すぐ僕に報告しなかったのです」

「それは、その……」

「まあ大方、婚約をなしにされると思ったんでしょう？　——そのとおりですよ」

ヘンリーは苛立《いらだ》った様子で鉄格子を乱暴に蹴《け》る。

アルマはびくっと身をすくめたが、それでもコンラートが目覚める気配はなかった。

制圧《せいあつ》しようとした兵士の長剣《ちょうけん》は、コンラートの後頭部を直撃《ちょくげき》した。

幸い一命はとりとめたものの、ショックで深い昏睡《こんすい》状態に陥《おちい》ってしまい、第二王子の命によってそのまま牢へと収容されたのだ。

結果、後見人であるヘンリーが呼び出され——

「王子殿下はたいそうお怒《いか》りです。とても高価な蝶《ちょう》だったと」

「で、ですが、殿下はあの子たちを殺そうと」

「たかが虫けらでしょう？　それよりあなたたちが、どれだけ大変なことをやらかしたのか理解しているのですか」

「……はい」

ヘンリーが「はあ」と嘆息《たんそく》を漏《も》らす。

「もう結構。王子殿下には僕から改めて謝罪しておきます。幸い、以前から殿下が欲《ほ》しがっていらした宝石がありますので、それをお贈《おく》りすれば来週には放免《ほうめん》されるでしょう」

「本当に申し訳ございません、このご恩はいつか必ず――」

そんなアルマの謝罪と感謝を、ヘンリーはばっさりと切り捨てた。

「その必要はありません。これは手切れ金です」

「えっ……？」

「言いましたよね。もし公爵家《こうしゃくけ》に害をなすとみなせば、即刻《そっこく》出ていってもらうと」

「…………」

「この婚約は破棄《はき》です。エヴァハルトに戻って荷物をまとめておくように」

矢継《やつ》ぎ早《ばや》に繰《く》り出されるヘンリーの言葉に、アルマは慌《あわ》てて首を振《ふ》る。

「ちょ、ちょっと待ってください！　婚約の破棄……は当然の結論だと思います。ですがもう少しだけ、お時間をいただけないでしょうか？」

「時間を？」

「はい。もうすぐクラウディア様が帰国されます。そこで魔法の解除をお願いしようと――」

するとヘンリーは呆《あき》れたように顔をしかめた。

「必要ありません。それについては、既《すで》に僕が手配しました」

「ヘンリー様が……？」

「公爵家当主を、いつまでもこんな訳の分からない状態にしておけないでしょう。準備が整い次第《しだい》、すぐに解除を行います。――あなたはどうぞ、お引き取りを」

ヘンリーはそう断ずると、目覚めぬコンラートを一瞥《いちべつ》し牢を去った。

残されたアルマは一人、冷たい鉄格子を握《にぎ》りしめる。

（こんな形で、お別れなんて……）

しかしヘンリーの言うことはもっともだ。

すぐにでも彼に助けを求めていれば、もっと早く魔法は解《と》けただろう。

そうすれば『気弱閣下』が、アルマのためにあんな無茶をすることもなかったはず。

自分の身勝手さが――結果、彼を傷つけてしまった。

「ごめんなさい、ごめんなさい……コンラート様……」

誰《だれ》も応じる者もないまま、アルマはとめどなく涙《なみだ》を流すのだった。


アルマが実家に帰されてから数日後。

自室に閉じこもるアルマに向けて、家族は扉越《とびらご》しに明るく話しかけた。

「アルマ、少しは何か口にしたらどうだい？」

「食べたいものはない？　おつまみになんでも作ってあげるわよ！」

「姉さん、これとっておきのワイン！　一緒《いっしょ》に呑《の》もうよ！」

「ごめんなさい、今は何も……」

あまりに弱々しいその返事に、両親と弟は互《たが》いに顔を見合わせたあと、そっと扉の前を離れた。一方アルマは着古した部屋着をまとったまま、ベッドと毛布の間で泣き腫《は》らした瞼《まぶた》をゆっくりと押し上げる。

（私、何してるのかしら……）

突然婚家《とつぜんこんか》から戻ってきたアルマに、家族は当然のように仰天《ぎょうてん》した。いったいどうしてと聞かれたが答える気力もなく、アルマはそのまま自分の部屋へと引きこもったのだ。

涙はとっくに涸《か》れ果て、頭は二日酔《ふつかよ》い以上にずきずきと痛み続けている。

（追い立てられるように公爵邸《こうしゃくてい》を出てきたけれど……。クラウディア様にも、執事長《しつじちょう》たちにも、何もお礼を言えないままだわ……）

だがヘンリーの怒《いか》りは相当なものだった。

もう二度と、あの邸《やしき》の敷居《しきい》をまたぐことは出来ないだろう。

（でも最後に……一度だけでいい。コンラート様たちに会って、ちゃんとお礼と……お別れを言いたかった……）

少しだけ顔を上げると、机上《きじょう》に置かれたガラス瓶《びん》が目にとまった。

雨の日の夜、『気弱閣下』が助けてくれたさなぎ。

持ち帰ることが出来たのはこれと、壊《こわ》れた件《くだん》の婚約指輪だけ。

（コンラート様――）

すると控《ひか》えめなノックの音がして、メイドが外から小さく呼びかけた。

「お嬢様《じょうさま》、シャルロッテ様がお見舞《みま》いにいらしたのですが――」

「……悪いけど――」

だがアルマの返事を待つよりも早く、バン、と勢いよく扉が開く。

引きとめるメイドをよそに、シャルロッテの張りのある声が室内に響《ひび》き渡《わた》った。

「アルマ様、これはいったいどういうことですの⁉」

「…………」

「エヴァハルト閣下から突然婚約を破棄されたと、噂《うわさ》になっておりましてよ。それは本当なのかしら」

アルマが押し黙っていると、見かねたシャルロッテがベッドに近づいてくる。そのまま毛布を引きはがされ、アルマの視界がぱっと明るくなった。

「……なんて顔をしていますの。それにそのくたびれた服」

「…………」

「たしかにわたくしは結婚に対して、割り切りなさいと申し上げました。ですが、恋愛を諦《あきら》めろと言ったつもりはございませんわ」

「それは……どういう……」

「言葉通りの意味です。……あなた、エヴァハルト閣下がお好きなのでしょう？　パーティーの日、閣下を見つめるあなたの顔を見て、すぐに分かりましたわ」

しっかりなさい、とシャルロッテに両肩《りょうかた》を掴《つか》まれる。

「そして閣下ご自身もきっと、あなたのことを愛しておられる。酔《よ》い潰《つぶ》れたあなたを抱《だ》き運ぶ時の眼差《まなざ》しを見れば、一目瞭然《いちもくりょうぜん》でしたわ」

「コンラート様が……？」

「どういった事情があるのか、わたくしには分かりません。ですがあなただって、きっと納得《なっとく》していないのでしょう？」

「それは……」

俯《うつむ》くアルマを前に、シャルロッテが「ふふん」と口角を上げた。

「実は来週、王宮で開かれるパーティーに、静養されていたエヴァハルト閣下が出席されるという噂がありますの。なんでも王子殿下に先日の不祥事《ふしょうじ》を詫《わ》びるためだと」

「でも、私は――」

「まあ、招待されていないでしょうね。でもわたくしは『侯爵令嬢《こうしゃくれいじょう》』ですから」

シャルロットの手には王家の封蝋《ふうろう》が捺《お》された封筒《ふうとう》があり、アルマの目はそれに釘付《くぎづ》けになる。

「今でしたら、あなたをわたくしの付添人《つきそいにん》として同伴《どうはん》させることが出来ますわ。……さあ、どうしますの？」

「………」

長い長い沈黙《ちんもく》のあと、アルマはゆっくりと顔を上げるのだった。


そして運命の日。

付添人に扮《ふん》したアルマは、シャルロッテと共に馬車から会場へと下り立った。

「さあ、参りましょうか」

「……はい！」

きらびやかに着飾《きかざ》ったシャルロッテが歩くと、気圧《けお》された周囲が一斉に道を開ける。

いつもながらの驚《おどろ》くような光景にアルマが改めて感心していると、前にいたシャルロッテがふいにぴたりと足を止めた。

「エヴァハルト閣下。先日のパーティー以来ですわね」

「──ああ」

(……!)

シャルロッテの陰《かげ》に隠《かく》れるようにして、アルマは耳をそばだてる。

顔を上げる勇気はないものの、その声は間違《まちが》いなくコンラートのものだ。

(良かった……元気になったのね……)

するとなかなか前に出てこないアルマに気をもんだのか、シャルロッテはくるりと振り返ると、アルマの両肩を掴んでコンラートの前にぐいっと押し出した。

「実はこの方が、閣下にどうしてもお話があると」

「シャ、シャルロッテ様⁉」

「ほら、チャンスは今しかありませんわよ」

耳元で囁くように言われ、アルマは下を向いたままわたわたと口を開く。

「お、お久しぶりです、コンラート様。怪我《けが》も治られたようで、本当に良かったです」

「…………」

「私のせいで大変なことになってしまい、本当に申し訳ありませんでした。もっと早くヘンリー様にお伝えしていれば、こんなことには──」

だがアルマがどれほどしゃべろうとも、どういうわけかコンラートからの反応はない。

もしかして怒っているのだろうか、とアルマはようやく顔を上げる。

（……？）

コンラートの瞳《ひとみ》は、初めて会った日と同じ美しい青色になっていた。

だが今は不審《ふしん》なものを見るように細められており、そこにあるのは再会の喜びでも、元婚約者に対する気まずさでもない。

例えるならそう、まるで初めて会ったかのような――

「あの、コンラート様？　私……」

やがて彼が静かに口を開く。


「――君は、誰だ？」


思いがけない返事に、アルマはそれ以上の言葉を失った。

（いま、なんて……）

アルマが呆然《ぼうぜん》と立ち尽《つ》くしていると、コンラートに同行していたらしいヘンリーが遅《おく》れて姿を見せる。彼はアルマに気づいた途端《とたん》、苦々《にがにが》しげに吐き捨てた。

「どうしてここに……。ああ、付添人として紛《まぎ》れ込んだんですね」

「も、申し訳ございません、ヘンリー様……。ですがその、どうしてもコンラート様にちゃんとお別れを言いたくて……」

「お別れ、ねえ……。残念ですが、もうその必要はないと思いますよ」

「それはどういう……」

すると二人の会話を聞いていたコンラートがヘンリーに尋《たず》ねた。

「叔父上《おじうえ》、知り合いですか?」

「……いいや、知らないな。それより王子殿下がお呼びだ。行ってこい」

「はい。……では、失礼」

そう言うとコンラートはアルマではなく、後ろにいたシャルロッテに一礼した。離《はな》れていくその背中を見つめていると、ヘンリーが「ちょっと失礼」と離れた場所にアルマだけを呼びつける。

「あなたがいなくなってすぐ、魔法を解《と》きました。幸いすべて元通りになりましたが――その際どうやら『記憶《きおく》の整理』が生《しょう》じたようで」

「記憶の……整理?」

「ええ。後遺症《こういしょう》といったものらしいです」

魔法にかかっている間、コンラートは三人分の経験や思考、記憶などを基本的にそれぞれの人格内で管理していた。

だが魔法を解除したことにより、蓄積《ちくせき》していた個々の情報がすべて一人のコンラートに集約されてしまい――結果、彼の持つ容量《キャパ》を大きくオーバーしてしまったという。

「心身の安定を図《はか》り、自己同一性を保持するためには、魔法にかかっていた間の記憶の大部分を破棄する必要があった――つまりコンラートは、あなたのことを何もかも忘れてしまったのですよ」

「わ、私がコンラート様と会ったのは、魔法にかかる前です！　それにシャルロッテ様のことは覚えて……」

「人の記憶というものは正確にみえて、実は『辻褄《つじつま》合わせ』な部分も多いのです。あなたとの記憶を消すにあたり、整合性を図るため、最初の対面時点から存在を『なかったことにした』のではないかと。逆にシャルロッテ嬢との接点はわずかだったため、残しておいても問題ないと判断されたのでしょう」

「そんな……」

己《おのれ》の心を守るため、コンラートは自らアルマとの思い出を消去した。

信じられない――信じたくないアルマは、なおも必死にヘンリーに食い下がる。

「記憶を戻すことは出来ないんですか？」

「もう一度同じ魔法をかければ、可能性はゼロではないでしょうが……。そんなこと、この僕が許すと思いますか？」

「それは……」

「ああそれから、クラウディア様には僕のほうから適当な理由を書簡で伝えましたから。

もうこれ以上、我が一族に関わらないでください」

それでは、とヘンリーは踵《きびす》を返した。

心配したシャルロッテがすぐに駆け寄ってくれたものの、互いにかける言葉は見つからない。

（……すべて、無くなってしまったのね……）

不器用な彼と、少しずつ近づけた気がしたあの時も。

目まぐるしく替《か》わる三人のコンラートと過ごした、あの騒々しい日々も。

笑ったことも、怒ったことも、泣いたことも、全部、全部――

（でもそうしなければ、コンラート様は……）

記憶を手放さなければ、彼自身が壊れてしまっていた。

彼が無事なのであれば――もうこれ以上、アルマが望むことはない。

「さようなら、コンラート様……」

泣き出したい気持ちを堪《こら》え、その場で深く頭を下げる。

こうしてアルマは、コンラートに最後の別れを告げたのだった。

それでも日々は過ぎゆき、アルマは少しずつ以前の生活を送れるようになった。

朝の身支度《みじたく》をしようとベッドから起き上がる。

そこで、机に置いていたガラス瓶の中の変化に気づいた。

(翅《はね》の模様が透《す》けて見えてる……もしかして……！)

柔《やわ》らかい朝日を受けたさなぎは随分《ずいぶん》と薄くなっており、アルマは息をするのも忘れてその動向を見守る。

小一時間後。背中側にゆっくりと亀裂《きれつ》が入り、長い触覚《しょっかく》と頭が現れた。

(羽化《うか》してる……！)

頑張《がんば》れ、頑張れと拳《こぶし》を握りしめながら、アルマは必死になって応援する。

やがてしわしわの翅が出てきたかと思うと、時間をかけて少しずつ伸《の》び始めた。徐々《じょじょ》に明らかになっていく色彩《しきさい》を目《ま》の当《あ》たりにし、アルマはふと思い出す。

(この子……エーディンだわ)

鮮《あざ》やかな青と縁取《ふちど》りの黒。

エヴァハルトでしか見られない奇跡《きせき》の蝶は、まさに自然が生み出した芸術品で――アルマはその美しさに言葉を失った。

　ようやく翅が乾いたらしく、エーディンはゆっくりそれを動かし始める。

　アルマは瓶から枝を取り出すと、すぐに近くの窓を全開にした。

（これで本当に……全部終わりね）

　蝶はばさ、ぱさっと不連続に翅を動かすと、光に向かって舞い上がった。

　これまで守ってくれたアルマにお礼を言うかのように何度か頭上を旋回《せんかい》したあと、ひらひらと外界に向けて旅立とうとする。

　ところが蝶はふわりと進路を変更《へんこう》し、そのまま部屋の中を彷徨《さまよ》い始めた。

「あ、ダメよ。窓はこっち――」

　するとタイミング悪く、朝の支度《したく》にやってきたメイドが扉を開けてしまった。

　きゃあ！　と腰《こし》を抜《ぬ》かしたメイドの頭上を飛び越《こ》えて、蝶は廊下へと出てしまう。

「ま、まずい……」

　アルマは寝間着《ねまき》のまま部屋を飛び出すと、急いで蝶を追いかけた。

　だがすでに一階に移動しており、あちこちで「うおっ⁉」「いやー！」と巨大蝶《きょだいちょう》によるパニックの声があがっている。

（あ、あわわわ……）

　すぐさま階段を下り、逃げた蝶を捜《さが》す。

蝶は父親の画廊《ギャラリー》をふわりひらりと優雅《ゆうが》に飛び回っていたが、やがて引き寄せられるように一枚の風景画の表面にとまった。

飛び立たせないよう、アルマは慎重《しんちょう》に絵の前へと近づく。

(綺麗《きれい》だわ……お父様、こんな絵も持っていたのね)

蝶がとまっていたのは、エメラルドグリーンの海を描《えが》いた作品だった。丹念《たんねん》に塗《ぬ》り重《かさ》ねられた緑が美しく、アルマはしばし見入ってしまう。

やがて廊下の向こうから足音がし、現れた父親がアルマに声をかけた。

「アルマ？　どうしたんだいそんな格好で」

「ご、ごめんなさい。これには訳が」

「まったく。早く着替《きが》えてきなさい」

「は、はーい……」

気まずいことに、父親の後ろには執事、そして職人らしき二人の男がおり、アルマはえへへと物陰《ものかげ》に身を隠す。父親はやれやれと肩を落としたあと、執事に指示を出した。

「ああ、たしかこの絵だ」

「承知いたしました」

執事の命に従い、職人たちは蝶がとまったままの絵画を額縁ごと両脇《りょうわき》から支えると、画廊《がろう》の壁《かべ》から取り外す。

それを見たアルマは慌てて尋ねた。

「お父様？　いったい何を……」

「実はこの絵に使われている絵の具に『毒』が含《ふく》まれているらしくてね」

「毒⁉」

「だから残念だけど、処分しようという話になったんだ」

「そうなのね……。こんなに美しいのに」

アルマは再び絵画に目を向ける。

だが奇妙《きみょう》なことに、どれだけ揺《ゆ》すられてもエーディンは微動《びどう》だにせず、じっと絵画の海の部分にへばりついていた。

（……どうして離れないの？）

絵画はそのまま邸の外へ運び出され、蝶は職人たちの手で難なく追い払《はら》われる。

自然に旅立ったことには安堵《あんど》しつつも、アルマの胸には先ほどから何かがずっと引っかかっていた。

（蝶……絵の具……毒……）

自室に戻ってドレスに着替え、図書室《ライブラリー》へと向かう。

アルマはそこにある本棚《ほんだな》から絵画に関する書籍を拝借した。再び自室に戻り、緑の顔《がん》料《りょう》に関する項目《こうもく》を探す。

（……緑の絵の具は長いこと、鉱物を原料にして作られていた。でもこの製品は接触・摂《せっ》取《しゅ》で慢性的《まんせいてき》な咳《せき》や下痢《げり》、皮膚《ひふ》への色素沈着《ちんちゃく》を引き起こし、さらには死に至る危険があるとの報告が出され、販売を禁止されることとなった……）

おそらく父親の言っていた『毒』とは、この化合物のことだろう。

同時に、アルマの脳裏《のうり》に先ほどの光景が甦《よみがえ》る。

エーディンはまるで吸い寄せられるかのように、まっすぐに海の絵へと向かっていた。

職人たちがどれだけ揺り動かしても、何故《なぜ》か逃げようとせず――

（……エーディンはどうして、あの絵にとまり続けていたのかしら？　……それにたしか以前、コンラート様が『お父《エーディン》さんのお墓にだけ青い蝶が集まる』と……）

白い墓地に無数に集《つど》う青い蝶。

エメラルドグリーンの絵の具。

それに含まれる、毒にもなりうる化合物――

（それって……）

恐《おそ》ろしい真実が隠されているようで、アルマはこくりと息を呑《の》む。

するとコンコンとノックの音がして、扉の向こうからメイドが顔を覗《のぞ》かせた。

「アルマ様、あの……エヴァハルト公爵閣下からお手紙が届いたのですが」

「コンラート様から⁉」

その名前を耳にしたアルマは、すぐにメイドから手紙を受け取った。

差出人にはたしかに彼の名前が書かれており、アルマはもどかしく封蝋を割る。

（どういうこと？　コンラート様はもう――）

入っていた便せんは一枚だけ。書かれていたのは――たったの二行。


『助けて　アルマさん』

『ぼくらが　消されてしまう』


（これは何？　もうみんな、いなくなったはずじゃ……）

急いで消印を確認《かくにん》する。

扱われた日付は一週間前――パーティーで最後の別れを告げた、それよりもあとだ。あの時点で、魔法は解けていたのではなかったのか。

（……だめよ、また騒動を起こせば、今度こそ……）

ヘンリーの蔑《さげす》むような視線。

そしてコンラートの冷たい顔を思い出し、アルマはこくりと息を呑む。

（でも――）

三人のコンラートと過ごした、慌ただしくも楽しかった日々を思い出す。

何より――

『でも俺は――君と結婚したい』

『俺は要領の悪いだめな男だ。でも君を一生――誰よりも、大切にする。だから――』

（……勝手に人のこと忘れて、その上いきなり、助けてなんて……）

ぎゅっと唇《くちびる》を噛《か》みしめる。

うだうだ迷っている時間はない。

「本当に要領が悪いのよ！　バカっ!!」

アルマは本を小脇《こわき》に抱《かか》えると、すぐさま部屋を飛び出した。

第七章　忘れているものは何ですか？

エヴァハルトの空は、今日も厚い雨雲に覆《おお》われていた。

薄暗《うすぐら》い居室の中で、コンラートは書類をヘンリーに手渡《てわた》す。

「――例の、融資《ゆうし》の件なのですが……。やっぱり、見送らせてもらえませんか」

「理由は？」

「以前も何度か増資しましたが、もはや抜本的《ばっぽんてき》な解決にはならないかと。こんなことを申し上げるのは心苦しいのですが……」

「……お前がそう言うなら、僕が口を挟《はさ》む権利はない」

「すみません……」

「それより、随分《ずいぶん》ひどい顔をしているな。疲《つか》れているのか？」

「いえ。最近少し、眠《ねむ》りが浅いだけで」

「ならいいが……あんまり無理するなよ」

ヘンリーが退室し、コンラートは椅子《いす》の背もたれにぎしりと寄《よ》りかかる。

（予定より早く片付いたな……。とはいえ、他にやることもない）

なにげなく机の引き出しを開けたコンラートは、そこに収められていた温室の鍵《かぎ》を発見し、何度かぱちぱちと瞬《まばた》いた。

（どうしてこれが、ここに――）

その瞬間《しゅんかん》、後頭部にずきりとした痛みが走る。

母親が亡《な》くなってから、二度と立ち入ることはないと思っていた場所。

でも錆《さ》びついた鍵を、コンラートは自らの手で開けた。

中には懐《なつ》かしい景色が広がっていて、嬉《うれ》しそうな『　　』が――

「……？」

目を強く瞑《つぶ》ると、次第《しだい》に痛みは治まった。

コンラートはなんともいえない不安を覚え、すぐに引き出しを閉じる。

次の段を開けると、今度は一冊の本が現れた。

昔好きだった恋愛小説だ。

（書庫《アーカイブ》で埃《ほこり》を被っていたはずじゃ……）

ずくん、とこめかみの血管が脈打つ。それと同時に、見覚えのある光景がコンラートの脳裏《のうり》に浮かんだ。

いつかの書庫。

物語の主人公の境遇《きょうぐう》が、どこか自分と重なっているように感じられて。

コンラートは無意識にその一節を口にした。

そうしたら偶然《ぐうぜん》、驚《おどろ》いた顔の『　　』を見つけて――

（なんだ……？）

頭の中に濃《こ》い霧《きり》が立ち込め、コンラートは強く唇《くちびる》を引き結ぶ。

もう一度、この小説を読み返せば何か思い出すかもしれない――とも考えたが、コンラートはすぐに首を振《ふ》った。

（だめだ……。こんな本を読んでいるなどと、周りに知られたくない……）

コンラートは思考を断《た》ち切るように引き出しを閉める。

体の奥底で言いようのない不快感が生じ、コンラートは首元を押さえた。

（魔法《まほう》が残っているのか？　それにしては――）

息苦しさを覚え、襟《えり》の合わせ目に指を差し込む。

だがネクタイをゆるめようとしたところで、コンラートは「はっ」と我に返った。

（服装を乱すなど、貴族としてあるまじき――）

するとその瞬間、何かで殴《なぐ》られたかのような強い頭痛がコンラートを襲《おそ》った。

机上《きじょう》の呼《よ》び鈴《りん》を手にしたが、そのまま派手に取り落としてしまう。

「……っ！」

全身の力がみるみる抜《ぬ》けていき、コンラートは椅子からずり落ちると、どさっと絨毯《じゅうたん》の上に倒《たお》れ込んだ。

(誰《だれ》か……)

窓の向こうから、ざあっと雨の降り始めた音が聞こえる。

薄《うす》れゆく意識の中、コンラートはぼんやりと外のバルコニーを眺《なが》めた。

(いつだったか……こんな――)

どしゃぶりの雨の中。

ずぶ濡《ぬ》れになって、無様な姿で、必死に蝶《ちょう》のさなぎを取りにいった。

傷つけてしまったから。

『　　』に謝りたくて。

(……誰、に……?)

それがいつの記憶《きおく》か分からないまま――コンラートは静かに目を閉じた。


次に目覚めた時、コンラートは自室のベッドに横たわっていた。

ヘンリーが脇《わき》からすっと顔を覗《のぞ》かせる。

「大丈夫《だいじょうぶ》か、コンラート」

「俺は、いったい……」

「倒れたんだよ。僕がいる時で良かった」

頭の痛みはすっかり引いており、コンラートはゆっくりと体を起こす。

それを見ていたヘンリーが、言いづらそうに口を開いた。

「コンラート。昨日の夜、部屋から出た覚えはあるか？」

「……？　いえ、特には」

「やはりか……」

複雑な顔をするヘンリーに、コンラートは眉根《まゆね》を寄せる。

「どういう意味ですか？」

「……実はここ数日、深夜にお前が一人で歩いているところを見た、という使用人たちの報告があったんだ。これはあくまでも推測だが……もしかしたら、きちんと魔法が解けていないいんじゃないか、と僕は疑っている」

「魔法が？」

「ああ。お前の『別人格』とやらがまだ生きていて、お前の知らないところで悪さを働いている――その懸念《けねん》は十分にある」

「そんなはず……」

だが完全に否定は出来ず、コンラートは出かけた言葉を呑《の》み込む。

ヘンリーはそんな彼の肩《かた》にぽんと手を置いた。

「心配するなコンラート。実はもう策を打ってある。なんでも——新たな魔法をかければいいと」

「新たな魔法?」

険しい顔つきになったコンラートを前に、ヘンリーが得意げに人差し指を立てた。

「お前の別人格は『感情』を元に生み出されたもの。つまりその『元凶《げんきょう》』を消してしまえば、もう二度とその人格が現れることはない」

「『感情』を消す、ということですか? しかし——」

「もちろん、すべての感情を消すわけじゃない。『喜び』『怒り《いか》』『怯え《おび》』——為政者《いせいしゃ》として好ましくないものを排除《はいじょ》するだけだ。感傷に振り回されず冷静であることは、公爵家《こうしゃくけ》の人間として必要な条件——そうだろう?」

「それは……」

「支度《したく》が出来たらすぐに開始する。それまで、ちゃんと休んでおくんだぞ」

そう言うとヘンリーは、足早に部屋を出ていってしまった。

コンラートは再度ベッドに横になると、疲れたように両手で目元を覆い隠《かく》す。

(感情を消す……。そんなことをして、大丈夫なんだろうか……)

今までの自分であれば、ヘンリーが決めたことに疑問を持つなどありえなかった。

これも魔法の後遺症《こういしょう》なのかもしれない。

だが――

（俺ではない人格が、好き勝手に行動しているとしたら――それを放置するわけにはいかないよな……）

ざあざあという雨音を聞きながら、コンラートは目を閉じるのだった。

大きな満月が輝《かがや》く夜。

力強い馬の蹄《ひづめ》が、雨上がりのぬかるみをばしゃんと蹴《け》り上げた。アルマの乗った馬車が、空気を切り裂《さ》くようにエヴァハルトの大地を駆《か》けていく。

（コンラート様……！）

やがて公爵邸《てい》の正門が見え始め、馭者《ぎょしゃ》がわずかに手綱をゆるめた。

やはり顔を覚えられていたのか、「アルマ様⁉」と門番たちに止められてしまう。

「申し訳ございません。許可がなければ中には――」

「ここにコンラート様からの手紙があります！　お願いします、コンラート様に危険が迫《せま》っているかもしれないんです！」

「て、手紙が⁉　し、しかし……」

差出人の名前を目にした門番たちが揃《そろ》って困惑《こんわく》する。

やがて一人が邸《やしき》に向かって馬を駆ると、すぐに執事長《しつじちょう》を伴《ともな》って戻《もど》ってきた。

「アルマ様、どうしてこちらに……」

「執事長、突然《とつぜん》すみません。でもその、コンラート様からお手紙をいただきまして、どうしてもお会いしなければと――」

「これは……」

便せんに書かれた文字を見て、執事長はさあっと青ざめる。

「……間違《まちが》いなく旦那《だんな》様の筆跡《ひっせき》でございます。ですがその、今ちょうど、ヘンリー様がお越しでして……」

（ヘンリー様が⁉）

いっそう不安に駆られ、アルマはたまらず執事長の腕《うで》を掴《つか》んだ。

「お願いします！　何ごともなければすぐに帰りますし、今後一生こちらに近づかないことをお約束します。ですからどうか、一日だけでも」

「……わたくしだけでは判断いたしかねます。恐縮ですが一度、アルマ様からヘンリー様に直接ご事情をお伝えいただけないでしょうか？」

苦渋《くじゅう》の申し出に、アルマは一も二もなく首肯《しゅこう》する。

母屋《おもや》に到着《とうちゃく》すると、執事長の先導でコンラートの部屋がある二階へと移動した。そこで廊下《ろうか》にいたヘンリーと出くわす。

「どうしてあなたが？　もうここには来ないよう言いましたよね」

「じ、実はコンラート様から手紙をいただいて……」

すると奥にあるコンラートの部屋の扉《とびら》が開き、中からいかにもな杖《つえ》を持ち、黒いローブをまとった怪《あや》しい男が出てきた。その姿を目にした途端《とたん》、とてつもなく嫌《いや》な予感が湧《わ》き起こる。

（もしかして魔法使い……⁉）

気づけばアルマは廊下を走り出していた。

「コンラート様‼」

「――っ！　執事長はいったん戻りなさい、あとは僕が話をします」

「か、かしこまりました」

焦燥《しょうそう》するヘンリーを押しのけ、アルマはそのままコンラートの元へと駆け込む。

続き部屋のベッドには彼が横たわっていた。が――

「コンラート、様……？」

ただ眠っているだけにしては呼吸が静かすぎた。

彼の腕を揺《ゆ》さぶって呼びかけてみるが、いっこうに目覚める気配はない。

「コンラート様？　……コンラート様‼」

「まったく……常識というものを知らないのですね、あなたは」

遅《おく》れてヘンリーと、黒いローブ姿の男が入ってくる。

ヘンリーはそのまま、扉の内鍵をがちゃんと閉めた。

「礼を失したことは謝ります。ですが、コンラート様にいったい何をしたんですか？」

「新しい魔法をかけたんですよ。余計な『感情』を消すためにね」

「感情を消す、って……。どうしてそんなこと――」

激昂《げっこう》するアルマに対し、ヘンリーは煩《わずら》わしそうに眉《まゆ》を寄せた。

「そもそも、あなたが最初に『魔法』をかけたのではありませんか？」

「えっ……？」

「以前ご自分で言っていたでしょう。指輪をはめようとしたら突然おかしくなった、と。あなたが指輪に細工をし、コンラートに魔法をかけた――そう考えるとすべての辻褄《つじつま》が合う」

冷たく睨《にら》みつけるヘンリーに、アルマはたまらず反論した。

「ご、誤解です！　私は何もしていません！」

「部屋にはあなたたち二人しかいなかったと聞いています。それとも、どこかに魔法使いが潜《ひそ》んでいたとでも？」

（どうしよう、このままじゃ私が犯人にされてしまう……！）

なんでもいい。

自身の潔白を証明しなければ。

（でもあの夜、『魔法』が発動したのは事実。そして部屋にいたのは私たちだけで……。あったのはそれこそ指輪くらい――）

そこでアルマの脳裏に、ほんのわずかな違和感《いわかん》がひっかかった。

（……どうしてヘンリー様はさっき、『指輪に細工をした』と迷いなく口にしたのかしら？　だってたしか――）

指輪をくれた時のコンラートの言葉。

そして『軟派閣下《なんぱ》』から教えられた魔法のルールについて改めて思い出す。

（いちか、ばちか……）

アルマは小さく息を吐《は》き出《だ》すと、慎重《しんちょう》に言葉を発した。

「で、でも、やっぱり私には無理ですよ。たしか魔法って宝石に宿らせるものなんですよね？　私がいただいた婚約指輪には、石がありませんでしたし……」

「ほう？　それは妙ですね」

「コンラート様がおっしゃるには、こちらの婚約指輪は金属を輪にしただけのものが多いと――」

「それで言《い》い逃《のが》れ出来ると思っているのですか？　あいにく使われていたはずです。それはそれは立派な――『レイナルディアの黒い宝石』がね」

「……っ！」

にやっと口角を上げるヘンリーを、アルマは冷静に睨み返す。

一匹《びき》の虫が、罠にかかった。

「どうしてそこまで詳《くわ》しいんですか？　私たちの婚約指輪について」

「実はあいつから、あなたに贈《おく》るのはどんなものがいいか相談を受けておりましてね。それで――」

「ありえませんね」

「……何？」

「あの指輪は、コンラート様がお一人でデザインされたもの。ヘンリー様にも見せたことはないはずです」

「……ああ、失礼。僕の記憶違いでした。あれは……そうだ、あなたの侍女《じじょ》たちが話していたのを聞いたんですよ。立派な黒い宝石の指輪だったと――」

「たしかにコンラート様からいただいた時、宝石は黒い色をしていました。ですがすぐに割れて、なぜか真っ白に変色したんです。それ以降は引き出しに入れたままだったのに……侍女たちはいつどこで、黒い宝石を見たのでしょうね？」

「それは、その……」

「ヘンリー様。あなたはコンラート様が私に指輪をくれた夜よりも前に、その現物を目にしていたのではないですか？」

「………………」

「もしかしてあなたが指輪に細工を――」

矢継《やつ》ぎ早《ばや》に放《はな》たれるアルマの追及を、ヘンリーがさらりと躱《かわ》す。

「いささか強引《ごういん》ではありませんか？　あいつの部屋に行った時、置かれていた指輪をたまたま見たんですよ。それだけで疑われては――」

「では、ちゃんと調べてみましょうか？　私は実家に、壊《こわ》れた指輪とその宝石の欠片《かけら》を持ち帰っています。元々、クラウディア様にお見せするつもりでしたが……詳しい方に調べてもらえば、誰の魔法かも分かるかもしれません」

室内に沈黙《ちんもく》が落ちる。

ヘンリーはかけていた眼鏡を外すと、酷薄《こくはく》に微笑《ほほえ》んだ。

「まったく……こんな小娘《こむすめ》にやり込められるなんてね。魔法に使われた宝石は、跡形《あとかた》もなく消え去るはずだ。欠片が残ったなんて話、聞いたことがない」

「……認めるんですか？」

「言っておきますが、狙《ねら》っていたのはコンラートではなく、アルマ――あなたのほうだったんですよ」

「私？」

「ええ。あいつの近くに、余計なものは必要ありませんから」

「余計なもの……」

そこでアルマはふと『気弱閣下』の話を思い出した。

代替《だいが》わりした途端、これまでの使用人たちがみんな暇《いとま》を願い出たと――

「もしかして……古くからの使用人たちにも魔法を？」

「彼らは妙《みょう》に忠義心が強くてね。僕があれこれコンラートに指示することを、快《こころよ》く思わない者が多かった。だから『長年兄を支えてくれた恩賞』として、適当な宝石をくれてやったんですよ」

「まさか、それに……」

「ええ。奴《やつ》らを追い出したあと、僕は息のかかった者をこの邸に雇《やと》い入れた。そうやって動きやすいよう、着々と場を整えていたというのに……。あの女《クラウディア》が、僕に黙《だま》って縁談《えんだん》を申し込んだりするから――」

取り消そうにも、既《すで》に釣書《つりがき》は先方に届いてしまった。

だが現在のエヴァハルト家の評判は最悪。どうせ断ってくるだろう――とヘンリーは高を括《くく》っていた。

しかし予想に反して、アルマはその話を受けたのである。

「もちろん僕は『絶対に断れ』とコンラートに進言しました。でもこいつが『財産も家柄《いえがら》も関係ない。どんな相手か会ってみたい』などと言い出してね。その結果、異分子であるあなたをみすみすこの家に招き入れてしまった」

「コンラート様が……」

「ま、どうせすぐに逃げ出すと思っていましたが――そこだけは、僕の見立てが甘かったようですね。コンラートの奴が『婚約披露《ひろう》パーティーをする』と言い出したあたりで、あなたを追い出す計画を立てました」

コンラートが婚約指輪を用意しているようだ、という情報を使用人から聞き出したヘンリーは馴染《なじ》みの業者に金を握《にぎ》らせ、こっそり指輪を持ち出し魔法をほどこした。これであれば間違いなくアルマが身に着けるだろうし、宝石の出どころを探《さぐ》られる心配もない。

だがどれだけ経《た》ってもアルマが体調を崩《くず》したという報告はなく、代わりにコンラートの様子がおかしい、という連絡《れんらく》が送り込んでいたメイドの一人から入った。

「嫌な予感がしました。もしかしたら、魔法がコンラートに作用してしまったのではないかと」

すぐに公爵邸に確認《かくにん》に行ったが、出てきたのはぴんぴんしたアルマ。

当のコンラートにはすぐ逃げられてしまい、魔法がかかっているのかどうかの判断は出来なかった。

「その後もコンラートの動向を探ろうと、たびたび訪問を試みましたが……こいつが生意気にも、僕を遠ざけようとしていてね。まあ大方、あなたとの結婚を反対されたくなかったんでしょう。執事長に命じて、僕を邸に入れないよう画策していたようです。あなたとの婚約披露パーティーの日ですらね」

（言われてみれば……）

公爵家の特別な日だというのに、ヘンリーの姿は見当たらなかった。

結局ヘンリーはその後も、異変を感じつつも実態を摑めないまま。

だがしばらくして、あの第二王子の騒動《そうどう》が起き――そこでようやくコンラートと接触《せっしょく》する機会を得たのである。

「まったく。あろうことかこいつに魔法が、それもおかしな具合に効《き》いてしまうとは。おまけに解いたにもかかわらず、完全に元通りとはいかなくてね。僕の言うことにやたらと歯向かうようになった。こうなればもう――魔法で支配したほうが早い、と考えたんです」

ベッドで昏々《こんこん》と眠り続けるコンラートを見下ろし、ヘンリーは冷たく嗤笑《ししょう》する。

「まもなくこいつは僕の手に落ちる。僕の思うままに動き、僕の望みだけを叶《かな》える、最高の傀儡《かいらい》に」

「そんなこと、私が絶対にさせません」

「無駄《むだ》ですよ。そもそも、あなたを生かしておくはずがないでしょう？」

　ヘンリーはローブ姿の男に「こいつを殺せ」と命じた。

　呪文《じゅもん》を唱えながらにじり寄る不気味な男を前に、アルマは抵抗《ていこう》しようとがむしゃらに腕を振り上げる。

　その瞬間、ばちっという小さな火花が二人の間に走った。

「――っ⁉」

（この衝撃《しょうげき》、どこかで……）

　ローブの男はすぐさま後ずさり、それを見たヘンリーが苛立《いらだ》った声をあげる。

「何をしている！　早くその女を始末しろ」

「し、しかし……」

　その隙《すき》にアルマは昏睡《こんすい》状態のコンラートの腕を掴み、何度も揺さぶった。

「コンラート様、起きてください！　早く！」

「無駄です。どれだけ呼びかけようと――」

　すると突然、アルマの全身が眩《まばゆ》い光に包まれた。

　同時に黒髪が、輝くような純白に変化する。

（何、これ……）

　アルマは恐る恐る、発光する自身の体を見下ろす。

一方、その異様な光景を目の当《ま》たりにしたヘンリーは、自らアルマを捕《と》らえようと腕を伸《の》ばした。

しかしアルマの体に触《ふ》れる寸前、雷《かみなり》に打たれたような激痛に襲われる。

「なんですこれは……いったい何が起きているのです！」

（どこかに……引き寄せられる——）

光に包まれたまま、アルマは眩《まぶ》しさに目を細める。

その虹彩《こうさい》は黒色から、澄んだ紫色《むらさきいろ》に様変わりしており——瞼《まぶた》を閉じたのをきっかけに、アルマの意識は深い奈落の底へと落ちていった。

第八章　本当のあなたはどこですか？

　ざああ、と絶え間なく雨が降っている。

「……？」

　アルマが目を開けると、そこはガラス張りの建物の中だった。天井《てんじょう》は高く半球状になっており、立派な金属の梁《はり》が幾何学的《きかがくてき》に張《は》り巡《めぐ》らされている。

「ここ……温室？」

　枯《か》れ果てていたはずの花壇《かだん》には鮮《あざ》やかな色の花が咲《さ》き誇《ほこ》っており、かぐわしい芳香《ほうこう》を漂《ただよ》わせていた。

　そろそろと進んでいくと、やがて前方に白い四阿《あずまや》が見えてくる。

　中には銀髪《ぎんぱつ》の美しい女性と、同じく銀髪の可愛《かわい》らしい男の子が座っていた。

「お母様、ほんとに虫、いない？」

「いても大丈夫《だいじょうぶ》よ。あなたが意地悪しなければみんな優《やさ》しいわ。それにほら、白いちょうちょは『神様の使い』とも言われているのよ」

「うーん……」

男の子は不安そうに女性の袖《そで》を掴《つか》む。

陰《かげ》から様子を窺《うかが》っていたアルマは、その女性がかつて肖像画《しょうぞうが》で見た、コンラートの母親であることに気づいた。

では隣《となり》にいるのは小さい頃《ころ》のコンラートだろうか。

（もしかしてここ、過去の世界……？）

だが次の瞬間《しゅんかん》、周囲にざざっと不自然な波が走る。

すぐに揺《ゆ》らぎは収まったものの、周囲にあった花はすべてしおれていた。

（……？　まるであっという間に時間が経《た》ったみたい――）

先ほどの四阿に視線を戻《もど》す。

そこに女性の姿はなく、幼いコンラートが一人で泣いていた。

手には温室の鍵《かぎ》を握《にぎ》りしめている。

「お母様……おかぁさま……」

すると背後から足音が聞こえてきて、アルマはびくっと飛び上がった。近くにあった鉢《はち》植《う》えの裏に身を隠《かく》すと、息を潜《ひそ》めて訪問者の正体を確かめる。

現れたのはヘーゼルアイの利発そうな青年。

間違《まちが》いない。若かりし頃のヘンリーだ。

「またここにいたのか、コンラート」

「ヘンリー叔父様《おじさま》……」

「母親が死んだくらいでいつまで泣いている。そんなことで、このエヴァハルトの跡継《あとつ》ぎが務《つと》まると思っているのか」

「ごめんなさい……」

涙声《なみだごえ》で俯《うつむ》くコンラートを見て、ヘンリーは心底呆《あき》れたように「はあ」とため息をついた。直後、彼が手にしていた温室の鍵を奪《うば》うと、地面に投げ捨てる。

「あっ⁉」

「今後一切《いっさい》、この温室に立ち入ることを禁じる」

「で、でもここは、お母様が大切にしていた、場所で……」

「なんのために僕が家庭教師に来てやってると思ってるんだ。感傷に浸《ひた》る暇《ひま》があったら、次期当主としての勉強をしろ。分かりやすく感情を表に出すな。自分の本心は悟《さと》らせず、先に相手の真意を読め――まあ、馬鹿で愚図《ぐず》なお前には無理だろうがな」

はっと鼻で笑うと、ヘンリーは温室の鍵を無慈悲《むじひ》に靴裏《くつうら》で踏《ふ》みつけた。

彼が立ち去ったあと、コンラートは怯《おび》えた様子でそこに近づく。

「お母様……」

大きな目いっぱいに涙《なみだ》を浮《う》かべたコンラートは、泥まみれになった鍵をしばらくじっと見つめていた。

いったんは拾いかけたものの、震《ふる》えながらその手を引っ込める。

そのままとぼとぼと温室を去っていくコンラートを見送ったあと、アルマはそうっと立ち上がった。二人のいた場所に向かうと、鍵を拾い上げて汚《よご》れを拭《ぬぐ》う。

「ひどい……」

アルマは手にした鍵を、優しく両手で握りしめた。

その途端、再び周囲に激しいノイズが走る。

「な、何⁉」

驚《おどろ》いたのもつかの間、今度は公爵邸《こうしゃくてい》の書庫《アーカイブ》へと移動していた。

扉《とびら》が開く音がし、先ほどより成長した姿のコンラートが本を手に入ってくる。

(ま、まずい……!)

見つかっては大ごとだ、とアルマは鍵を持ったまま棚《たな》の裏へと隠れた。

コンラートはそんなアルマに気づくことなく、恋愛小説の置かれた棚に向かうと、何やら楽しそうに物色し始める。

(この頃《ころ》から、恋愛小説が好きだったのね……)

そこで再びドアの開く音がし、こちらも齢《よわい》を重ねたヘンリーが現れた。

「コンラート、またここにいたのか。僕が出した課題は終わったのか?」

「……はい」

「それは結構。しかし終わったのなら、次の勉強をしておこうという気概《きがい》はないのか？　暇さえあれば、そんなくだらん本ばかり読んで」

そう言いながらヘンリーは、コンラートが手にしていた本を奪い取る。

「もっと他に読むべき本があるはずだ。神学、帝王学《ていおうがく》、経済学……。こんな役に立たないものに時間を割《さ》いて、なんの意味がある」

「………………」

するとヘンリーはまるで汚《きたな》いものにでも触《ふ》れたかのように、ぱっとその場に本を取り落とした。コンラートはとっさに受け止めようとしたが、そこにヘンリーの足が割り込み、本もろとも彼を蹴《け》り飛ばす。

「……っ!!」

「いい加減にしろコンラート。いつまで子どもでいる気だ」

「申し訳、ありません……」

「今後、この類《たぐい》の本を読むのは禁止する」

行くぞ、と急《せ》き立《た》てるヘンリーに従い、二人は書庫を出ていった。

一部始終《いちぶしじゅう》を見ていたアルマは、書棚《しょだな》の陰で蒼白《そうはく》になる。

（まさかヘンリー様が、コンラート様にこんな風に接していたなんて……）

床には開いたままの本が放置されていた。

落とされた衝撃《しょうげき》で糸が切れてしまったのか、今にもバラバラになりそうだ。

「ど、どうしよう……」

本を手に取りおろおろしていると、突然《とつぜん》アルマの手《て》のひらがぽわっと輝《かがや》き、そこから光の糸がするすると伸《の》び始めた。本全体を幾重《いくえ》にも取り囲んだかと思うと、表紙の向こう側に吸い込まれるようにすうっと消えていく。

改めて確かめると、どのページもしっかり固定されていた。

「直ってる？　いったいどうして……」

すると再び、周囲の景色が変わり始めた。

モザイク画のようになった世界が、徐々《じょじょ》に細緻《さいち》な輪郭《りんかく》を描《えが》き始め――においと音、はっきりとした質量がアルマの全身に伝わってくる。

（まただわ……。今度はいったいどこに――）

次にいたのは公爵邸の応接室。

廊下《ろうか》に人の気配を感じたアルマは、すぐさま部屋の隅《すみ》にあった椅子《いす》の陰に身をひそめる。

やがて奥にあった扉が開き、コンラートとヘンリーが入ってきた。二人とも髪《かみ》をきっちりと整えており、黒い喪服《もふく》を身にまとっている。

扉を閉めた途端《とたん》、ヘンリーがいきなりコンラートを怒鳴《どな》りつけた。

「なんだ、あの威厳《いげん》のない態度は！　エヴァハルトの当主になろうという人間が、あの程度の場をまとめきれなくてどうする‼　この愚図が‼」

「……すみません」

「そもそもタイが曲がっている、襟《えり》も乱れている、目の下にはクマ……よくそんな無様なりで人前に出られたな。貴族社会は戦場だ。少し服装が古臭《ふるくさ》いだけでも、田舎者《いなかもの》だとあざ笑われる。今後身だしなみには絶対に気を抜《ぬ》くな」

「……はい」

「まあいい。とりあえず葬儀《そうぎ》は終わったからな。承継《しょうけい》の手続きと保険の請求《せいきゅう》はこちらで進める。無能なお前は、僕の言うとおりサインをするだけでいい。——良かったなあ、優《ゆう》秀《しゅう》な後見人がいてくれて」

「………………」

ヘンリーはそう言うとコンラートの肩《かた》をぽんと叩《たた》き、応接室を出ていった。

残されたコンラートは近くにあったソファにどさりと座り込むと、はあと疲《つか》れ切った息を吐《は》き出しながら、両手で自身の顔を覆《おお》う。

「父上……」

（コンラート様……）

そのまましばし消沈《しょうちん》していたコンラートだったが、ヘンリーに言われたことを思い出したのか、歪《ゆが》んでいた黒いタイを結び直そうとした。

だが結び目を首元に押し上げた途端、片手で口元を覆う。

「……だめだ……しっかりしないと……。また怒《おこ》られる……」

吐き気を堪《こら》えながら、コンラートは震える手で必死にタイを締《し》める。

ようやく襟を正したコンラートだったが、よほど疲弊《ひへい》しているのか――指先を髪に突っ込んだまま、椅子に座って深くうなだれていた。

(二人の間に、こんな過去があったなんて――)

あまりのことにアルマはこくりと息を呑《の》む。

やがて再び繰《く》り返されるノイズのあと――世界が突如《とつじょ》真っ黒に様変わりした。

温室でも邸内《ていない》でもない。

何も見えない闇《やみ》の空間にぽつんと放り出され、アルマは思わず身構える。

(私、今度はどこに来てしまったの?)

すると眼前に、瞬《また》くような白い光がふわりと舞《ま》った。

(光? 違《ちが》う、蝶《ちょう》だわ……)

蝶は心もとない飛び方のまま、ひらひらと前を進んでいく。

不安な気持ちはあるものの、アルマは腕《うで》の中にあった鍵と本をぎゅっと抱《だ》きしめると、慎重《しんちょう》に一歩を踏み出した。

なんとなく数えていた歩数は千を過ぎ、二千を超《こ》え——ついにどれほど進んだか分からなくなってしまってもなお、アルマは蝶のあとをただ黙々《もくもく》とついていく。

（いったい、どこまで行けば——）

やがて蝶とは別の、ぼんやりとした光が進路の先に見えてきた。

あったのは、見事な彫刻《ちょうこく》が施《ほどこ》された玉座のような石の椅子。

恐《おそ》る恐る前に回り込むと、金色の目をしたコンラート——『軟派《なんぱ》閣下』が無表情で座っていた。

「コンラート様、大丈夫ですか⁉」

「…………」

声をかけても、肩に触れても、彼はただぼんやりとどこかを見つめている。

アルマは何かのきっかけにならないかと、持っていた温室の鍵をそっとコンラートの手に握らせた。

「これ、分かりますか？」

「…………」

「温室、お母様との思い出の場所だったんですね。それなのに私、簡単に使いたいなんて言って……ごめんなさい」

その形をしばし無言で確かめていたコンラートだったが、やがて両手でしっかりと鍵を握りしめた。

金色の瞳《ひとみ》からぼろぼろと、堪《こら》え切れない涙が零《こぼ》れ落ちる。

「……違うんだ。……ほんとは、分かってた。もう母さんはいない。この世のどこにもいない。それでもおれにとって、あの温室は世界でいちばん、幸せな場所だったから……。それが失われたと思い知るのが、怖《こわ》くて……」

「……コンラート様」

「一人では、入る勇気がなかった。でもきみが、背中を押してくれた――」

虚《うつ》ろだったコンラートの瞳に、わずかに光が宿り始める。

だが次の瞬間、彼は座っていた椅子ごと消失した。

「コンラート様⁉」

突然のことに目をしばたたかせるアルマだったが、こくりと息を吞み込むと、彼が無事であることを信じ、再び光の蝶を追って歩き始めた。

しばらく歩いたところで、またも似たような椅子に遭遇《そうぐう》する。

座していたのは、緑の瞳の『眼鏡《めがね》閣下』。

手には難しそうな帝王学の本を携《たずさ》えており、一瞬《いっしゅん》だけ眼鏡越《ご》しにアルマに視線を向けるも、すぐにページに目を落とす。

「コンラート様」

「………」

「そうやって、また一人で闘うつもりですか？」

こちらの言葉が聞こえているのかいないのか。

コンラートは口をつぐんだまま、ただ静かに本と向き合っている。

アルマはぐっと唇《くちびる》を引き結ぶと、ぱん、と彼の両頰《りょうほお》を両手で挟《はさ》み込んだ。ぐい、と顔を持ち上げ、まっすぐにコンラートと対峙する。

「⁉」

「私、言いましたよね。お手伝いさせてくださいって」

「………」

「また叱《しか》られたいんですか？」

真正面からアルマに迫《せま》られ、ついにコンラートの顔が泣きそうに歪《ゆが》んだ。

手にしていた本がどさっと落ち、アルマはそれを拾い上げると、修繕《しゅうぜん》された恋愛小説の本と一緒《いっしょ》に差し出す。

「この本、好きなんですよね？」

「……違います。わたしはそんなもの——」

「コンラート様が何を好きでも、私は、あなたを嫌《きら》いになったりしません。……だってあなたはお酒が好きな私のことを、受け入れてくれたじゃないですか」

「…………」

二冊の本を受け取ったコンラートはしばらく押し黙ったかと思うと、ようやく「はあ」と小さなため息を漏《も》らした。

「あなたの行動は、本当にいつもいつも……意味が分かりません」

「お褒《ほ》めに与《あず》かり光栄です」

「褒めてません。でも今日は少しだけ……感謝、します」

暗く淀《よど》んでいた瞳に生気が戻り、コンラートはそっと眼鏡の位置を正す。それに合わせて、椅子と彼自身が光の粒《つぶ》となって淡《あわ》く消えた。

再び一人になってしまったアルマだったが、もはや悲壮《ひそう》な気持ちはない。

(きっと、次に現れるのは……)

ふわふわと誘導《ゆうどう》する光の蝶を、急《せ》くような気持ちで追いかける。

ようやくたどり着いた最後の椅子。

精緻《せいち》な装飾《そうしょく》の施された背面から座面へと回り込むと、そこには膝《ひざ》を抱《かか》えて縮こまる『気弱閣下』の姿があった。

「コンラート様、大丈夫ですか?」

「…………」

「ずっと、お礼が言いたかったんです。王子殿下の生誕パーティーの夜、籠《かご》に囚《とら》われた蝶たちを助けてくれたこと」

「…………」

「あなたのおかげで、あの子たちが救われた。それなのに私は……あなたに何もしてあげられないまま……」

だがコンラートは何も答えない。困惑するアルマだったが、そこで彼のネクタイがきつく締められていることに気づいた。

覚悟を決めるように、ぐっと唇を引き結ぶ。

「だから今度は……私が、あなたを助けます」

そっと手を伸ばすと、固く結ばれたそれを優しくほどく。

『怯え』の感情を持つコンラートは、タイを結ぶことをいつも嫌《いや》がっていたから。

喉元《のどもと》が露《あらわ》になり、押し黙っていたコンラートがようやく口を開く。

「お礼を言うのは、僕のほうです」

「……？」

「ありがとうございます……。こんなところまで、助けにきてくれて――」

コンラートの目からぽた、ぽたりと大粒《おおつぶ》の涙が零れ落ちた。

それを合図に、コンラートの姿が目の前で霧散《むさん》する。

彼が座っていた石の椅子も消失しており、アルマはこくりと息を呑んだ。

（きっと大丈夫。三人はまだ、コンラート様の中で生きている……）

しかし気づけば、ずっとよすがにしていた白い蝶が姿を消していた。

アルマは真っ暗闇の中に、ひとりぼっちでたたずむ。

（でもこれからどうしよう……。私、もう帰れないのかな……）

すると足元から一匹《ぴき》、先ほどとは別の蝶がふわっと舞い上がった。

青地を黒で縁取った巨大な蝶《エーディン》が、アルマの周囲をひらひらと飛び回る。

「あなたは……」

不規則に開閉するその翅《はね》だけを頼《たよ》りに、アルマは疲れた足を懸命《けんめい》に動かす。

すると前方に、小さな光の粒がたくさん集まっているのが見えた。

（……？　あれはいったい――）

そこにあったのは、今まででいちばん古い形の椅子だった。

光に見えたのは群がっていたエーディンで、アルマが近づくと彼らは一斉《いっせい》にぶわっと四散《しさん》する。下から現れた人物を見て、アルマは血の気が引いた。

「コンラート様!?」

冷たくなっている彼の手を握り、慌《あわ》てて名前を呼びかける。

すると伏《ふ》せられていた睫毛《まつげ》がゆっくりと持ち上がり、サファイアのような青い瞳がアルマの姿をぼんやりと映した。

「良かった……無事だったんですね」

アルマはそっと彼の頬《ほお》に手を伸ばす。

だが彼は瞬《まばた》きひとつせず、ただ空虚《くうきょ》にどこかを見つめていた。

「コンラート様……？」

すると触れた指先を介《かい》して、壮絶《そうぜつ》な『悲しみ』がアルマに流れ込んでくる。


『――連れていってほしかった』

『二人のいる世界に、俺も一緒に行きたかった』

『どうして俺だけが生き残ってしまったんだろう』

『俺が生きていて、なんの意味があるのか分からない』


「――っ⁉」

押し寄せてくる言葉の波に、アルマはびくりと肩を震わせた。

だが手を離《はな》すとコンラートとの繫《つな》がりが永遠に失われてしまいそうで、必死に彼の嘆《なげ》きを受けとめ続ける。

『思考が回らない。仕事が手につかない。体が重い』

『何が好きだったか、何が欲《ほ》しかったのかも思い出せない』

『俺は必要ない。俺には何もない。誰《だれ》も俺の傍《そば》にはいてくれない。どうして』

『もう逃げたい。考えたくない——消えたい』


ともすれば、アルマごと呑《の》み込まれてしまいそうなほどのどす黒い痛哭《つうこく》。

凍《こお》りついてしまったかのように指が、口が、動かせない。

（コンラート様……お願い、目を覚まして……！）

するとアルマの指先に、先ほどの青い蝶がひらりと舞い降《お》りた。

か細い足の先から、熱がじわりと伝播《でんぱ》する。

（これは……？）

指先の感覚がわずかに戻り、固まっていた唇がぴくりと動く。

今しかない——とアルマは渾身《こんしん》の力を込めて、コンラートに向けて叫《さけ》んだ。

「どれだけ周りから人がいなくなろうが、何が好きだろうが関係ない！　私がずっと、あなたの隣にいるわ‼　だからもう——そんな悲しいこと、言わないで……」

アルマは顔を近づけると、彼に優しく口づける。

次の瞬間、先ほどとは違うコンラートの感情がぶわりと全身を包み込んだ。

『──そう思って、いたのに』

『君が、俺の目の前に現れた、あの日──』

いつもと同じ、陰鬱《いんうつ》とした部屋の中。

彼女の周りだけが、きらきらとまばゆく輝いて見えた。

まるで『レイナルディアの黒い宝石』が、そのまま人になったかのような──

『きっと俺はあの瞬間、君に、恋をしてしまったんだ──』

コンラートの青い虹彩《こうさい》に光が灯《とも》る。

薄《うす》く開いた彼の唇から、血の通《かよ》った音が零れた。

「──アルマ」

途端に彼の座っていた椅子がなくなり、二人はどさっと地面に倒《たお》れ込んだ。

起き上がろうとしたアルマを、コンラートが力いっぱい抱きしめる。

「やっと、君に会えた……」

「コンラート様……」

「すまない、こんなことに巻き込んでしまって……」

それを聞いたアルマはぶんぶんと首を振《ふ》った。

今の気持ちを言葉で言い表すのがもどかしく、とにかく懸命に彼を抱きしめ返す。

二人はそのまましばらくお互《たが》いの体温を預け合っていたが、やがてアルマが慌ただしく顔を上げた。

「すみませんコンラート様、実は――」

悠長《ゆうちょう》にしている時間はないと、すぐに今の状況《じょうきょう》を説明する。

「叔父上がそんなことを？」

「はい。ですので一刻も早くここから出ないと」

「分かった。しかし――」

コンラートが顔を上げたのに合わせて、アルマも空を仰《あお》ぎ見た。

だが頭上はおろか周囲にも暗闇《くらやみ》が広がるばかりで、どうすれば元の世界に戻れるのか見当もつかない。

（いったい、どうしたら――）

するとアルマの眼前に、姿を消したはずの白い蝶がひらりと舞い下りてきた。

気づいたコンラートがぎくっと顔を強張《こわば》らせる。

「こいつは？」

「ずっと道案内してくれた子です。いなくなったと思っていたのに」

なんだか嬉《うれ》しくなり、アルマはそうっと手を差し出す。

蝶がその指先に降り立った瞬間――突如アルマの背中から、大きな白い蝶の翅が広がった。

「――!?」

翅はひとりでに羽ばたきを開始し、アルマの体がふわっと浮き上がる。

「コ、コンラート様！」

「アルマ!?」

たおやかな飛翔《ひしょう》なのに、コンラートの姿はすぐに見えなくなってしまった。

そのままいつまでも暗闇の中を上昇《じょうしょう》し続ける。

（い、いったい、どこまで――）

やがてあたりが白み始め、光が差し込む巨大《きょだい》な亀裂《きれつ》が天空に出現した。

まるで流氷の下から水面を見上げているかのような――

（誰か……いる？）

裂け目の淵《ふち》に腰《こし》かけるようにして、とても綺麗《きれい》な青年が微笑《ほほえ》んでいた。

雪のような白い髪。紫色《むらさきいろ》の瞳。

コンラートとはまた違う端麗《たんれい》さで、もはや「この世の者ではない」と形容していい顔立ちだ。

（でもあの人……私、どこかで会ったような……）

青年はアルマと目が合うとにっこりと微笑み、そのままひらひらと片手を振る。

この青年が蝶の主《あるじ》だ、と気づいたアルマは慌ててお礼を言おうとした。

「あの、私――」

だが周囲の光に体がすうっと吸い込まれていき――

アルマはそのままゆっくりと、自らの意識を手放した。


蝋燭《ろうそく》の明かりが揺れる部屋で、ヘンリーはローブ姿の男を怒鳴り飛ばした。

「おい、まだか！」

「む、無茶言わないでください!!　触れることすら出来ないんですよ!?　こんな魔法《まほう》、見たことも聞いたこともない。いったい何が起きているのか――」

「くそっ……なんなんだ、この女は！」

やがてアルマを包んでいた光が唐突《とうとつ》に収束した。

髪も黒に戻っており、目覚めたアルマはゆっくりと睫毛を持ち上げる。

「今、コンラート様にすべてをお伝えしました」

「何っ……」

「コンラート様や、かつての使用人たちへのあなたの仕打ちは全部、白日の下《もと》に晒《さら》されるはずです」

動揺したヘンリーは、反射的にアルマに手を伸ばす。

だがベッドで寝《ね》ていたはずのコンラートが起き上がり、即座《そくざ》にその腕を止めた。

「やめてください、叔父上」

「コンラート……」

「あなたには罪を償《つぐな》ってもらう。彼女の生命を脅《おびや》かしたこと。そして、使用人たちを追いやったことも――」

しかしヘンリーは黙《だま》るどころか、にやっと口角を上げた。

「罪とはなんのことだ？」

「……何？」

「あるのか？　僕が悪事を働いたという証拠《しょうこ》が」

その言葉にアルマは思わず反論する。

「あ、あなた自身が、そうだと認めたじゃないですか！」

「妄想《もうそう》でしょう。あなたはここに来た時、ひどく取り乱していましたし」

「違います！　私は間違いなく聞いて――」

「なんなら裁判に持ち込みますか？　ただし、なんの物証もない『魔法』などという言い分がどこまで認められるか見物ですが」

「そんな……」

アルマはたまらず、ヘンリーの横にいたローブ姿の男に目をやる。

しかし自身がそうであったように、世間における魔法の認識《にんしき》は幽霊《ゆうれい》や呪《のろ》いと大差ない。

そんな信ぴょう性に欠ける手段が、はたして可能と認められるのだろうか。

（……まさかこうなることを見越《みこ》して、魔法を利用していたの？）

法による裁きが難しいと気づいたのか、コンラートもまた口をつぐむ。

それを見たヘンリーが満足げに目を細めた。

「相変わらず詰《つ》めが甘いな、コンラート。だからお前はダメなんだ」

「……っ」

「いつか絶対に後悔《こうかい》する。僕の言うことを聞いておけば良かった、僕を傍に置いておけば良かったと――」

どろりと濁《にご》った呪いの言葉が、再びコンラートの心を侵食《しんしょく》しようとする。

それを目《ま》の当たりにしたアルマは、隣にいた彼の腕をぎゅっと摑んだ。

（本当に手はないの？　この人の悪事を明らかにする方法は――）

これまでの光景が怒涛《どとう》のごとく脳裏《のうり》に甦《よみがえ》る。

指輪。魔法。温室の鍵。月。白い墓碑《ぼひ》。黄緑色のさなぎ。恋愛小説。

アルマをコンラートの元へと導いた二匹の蝶――

（蝶……）

そこでアルマはようやく、以前思いついた考えを口にする。

「コンラート様、お父様のことなのですが」

「……アルマ？」

「以前『怒り』のコンラート様から『亡《な》くなる直前、手が枯れ枝のようになり赤黒いしみまで浮き出ていた』とお聞きしました。覚えてらっしゃいますか？」

「そう……いえば」

「今さらなんの話をしている。過去のことを持ち出して――」

「――蝶《エーディン》がいたんです、お父様のお墓に」

アルマの一言に、コンラートとヘンリーが揃《そろ》ってこちらを見た。

緊張《きんちょう》のあまりアルマは息を呑むが、頭の中を整理しながら話し続ける。

「すごく集まってくるのだと、また別のコンラート様から教えていただきました。その時は特に気にしていなかったのですが……。あの蝶――エーディンが緑の絵の具に引き寄せられる姿を見て、もしかして何か理由があるのかもしれない、と思ったんです」

アルマはそこで、ずっと考えていたある恐ろしい仮説を口にする。

「例えば、マダラ蝶と呼ばれる南方の蝶の雄《おす》は香水《こうすい》や整髪料《せいはつりょう》を好みます。これは、それらに含《ふく》まれる成分が、彼らの出す分泌物《ぶんぴつぶつ》と同質だからです」

「…………」

「おそらくですが、エーディンにも『ある特定の物質を好む習性』があるのではないでしょうか。事実、緑の絵の具は鉱物に由来する化合物です。……ただしその化合物は、人体にとっては『毒』となりますが」

沈黙《ちんもく》を続けるヘンリーを前に、アルマはなおもたたみかける。

「だからエーディンがお父様のお墓にだけたくさん集まっていた、という話を思い出した時……もしかして棺《ひつぎ》に何かの不具合があり、墓地の土にその化合物が浸潤《しんじゅん》した……。それに惹《ひ》かれていたのではないかと考えたんです。つまり――」

アルマの言葉が終わるより早く、ヘンリーが近くの壁《かべ》をダンッと叩いた。

その音にアルマがびくりと肩をすくめると、怒りを抑《おさ》えきれないとばかりにヘンリーが吼《ほ》える。

「要は兄上が毒殺されたと、そう言いたいのか！」

「調べる価値はあると思います。お父様の亡くなり方が、その化合物の中毒症状《ちゅうどくしょうじょう》にとてもよく似ていたので――」

「死者に対する冒瀆《ぼうとく》は許さん！　コンラート、そいつを渡《わた》せ。我が一族に対する侮辱《ぶじょく》とみなす‼」

憤懣《ふんまん》やるかたない様子で、ヘンリーはアルマを捕らえるようローブ姿の男に命じる。

しかしコンラートがすぐさま二人の間に割って入った。

「――まあまあ、ちょっと落ち着いてよ」

「貴様――」

「おれも本当のことを知りたいな。叔父さん、い、いい？」

「コンラート様……？」

ぽかんとするアルマを振り返ると、コンラートはばちんと大きくウインクする。

その瞳は青ではなく――眩《まばゆ》いばかりの金色になっていた。

（な、『軟派閣下』⁉）

ヘンリーもその変容に気づいたのか、苛立《いらだ》ったように口を開く。

「お前は……？」

「ずっと気になっていたんだ。どうしてまだ若いのに、父さんが亡くなったのか」

「病気だと言っただろう。義姉《ねえ》さんを亡くした心労で――」

「ほんとに、それだけなのかな？」

人好きのする明るい声が、今は恐ろしいほどの冷酷さを孕《はら》んでいる。

「魔法で別々の人格を得たあと、ようやく昔のことを思い出したんだ。あの時のおれは気が動転していて、葬儀やら何やらをすべて叔父さんに任せきりにしていた。……でも今考えてみれば、あまりにも忙《せわ》しなかった――と思ったんだよね」

「…………」

「気になって、この邸《やしき》に勤めていたメイドや出入りしていた外商の娘さんに確認《かくにん》したら、母さんが死んで以降、父さんの食事や衣服、日用品、その他契約《けいやく》関係にいたるまですべて、叔父さんが管理していたってね。埋葬《まいそう》も――ごく少人数だけで行われたと」

(もしかして、あの時開いていたパーティーって……)

人を観察し、その本心を把握《はあく》するのが抜群《ばつぐん》に上手《うま》い『軟派閣下』。

談笑《だんしょう》するふりをしながら、こっそりと必要な情報を集めていたのだろう。

「……お前は、いつだって要領が悪かったからな。だから仕方なく、僕が代わりに引き受けたままで――」

「そうだね。おれも今までそう思っていた。でも本当は――父さんの遺体をとにかく人目に触れさせたくなかったのかな、って」

「なんだと?」

「だって分かっちゃうでしょ。特に――『毒殺』とかさ」

金の瞳が、何かを誘《さそ》い出すようにヘンリーを狙《ねら》う。

彼はわずかに身構えたものの、すぐに平然と首を振った。

「呆れたな。まさかお前は、僕が兄上を殺したと疑っているのか？」

「うん。端的《たんてき》に言えばね」

「では聞くが、動機はどこにある？　この家には既《すで》に跡取《あとと》りのお前がいた。兄上を殺したところで僕は公爵家《こうしゃくけ》を継《つ》げないし、どこの土地だって手に入らない。それなのにどうしてわざわざ殺人なんて――」

「――それに関しては、わたしから説明しましょう」

（！　また……）

コンラートは懐《ふところ》から眼鏡を取り出すと、慣れた様子で顔にかける。

その瞳は、はっきりとした緑色に変化していた。

「父上の葬儀のあと、わたしは相続に必要だという大量の書類に目を通し、サインをしました。あの時提出された資産の数値に、大きな誤りがありましたよね？」

「……なんの話だ」

「ごまかそうとしても無駄《むだ》です。人格が独立したことで、わたしは該当する数字を正確に思い出すことが出来ました。それらの金額を改めて計算してみると、現金が明らかに不足している。それも相当な額が」

あらゆることを記憶《きおく》し、詳細《しょうさい》に呼び起こせる『眼鏡閣下』。

かつて一度だけ見た膨大《ぼうだい》な書類の中から、不自然な点を挙げていく。

「具体的には、父上が加入していた死亡保険の額とほぼ同じ——署名した時、受取人は間違いなくこのわたしでした。それなのに、そのお金がまるっとどこかに消えている。……ちなみにこの保険会社、叔父上の商会の傘下《さんか》でしたよね？」

「それは……」

「そう考えれば、あなたの動機もおのずと分かってきます」

「動機だと？」

「はい。先ほどおっしゃったとおり、叔父上には爵位《しゃくい》を簒奪《さんだつ》することは出来ない。ただし、保険金となると話は別だ」

「……っ」

「あなたは病気の父を言葉巧みに、高額な死亡保険へと加入させた。もちろん契約時の受取人はわたしにしてね。ただ実際に支払事由《しはらいじゆう》が達成され、それに対するわたしのサインも得たあと——受取人の変更《へんこう》を行い、全額を横領したのではありませんか？」

糾弾《きゅうだん》するコンラートを、ヘンリーは憎悪《ぞうお》とも取れる顔つきで睨み据《す》えた。

だが突如柔和《にゅうわ》な表情を作ると、ふっと口《くち》の端《は》を上げる。

「……なるほど、大した妄想だな。たしかにそれであれば、僕が兄上を殺す理由もないとは言い切れない。だがその証拠はどこにある？　僕が兄上に毒を盛り、書類を改ざんしたという確固たる証拠は！」

「………」

「言っておくが、保険会社は一昨年《おととし》解散している。保管されていた証書もすべて焼却《しょうきゃく》処分されたはずだ」

勝ち誇った笑《え》みを浮かべるヘンリーを前に、コンラートはしばし押し黙った。

二人のやりとりを見ていたアルマは、ここまでの経緯《けいい》を整理する。

（チャンスも、動機もあった。でも決め手がない……）

毒を盛るのに考えられる手段は食事、飲料、薬——

ヘンリーにかかれば、どれでも簡単に混入させられるだろう。

ただ何に仕込んでいたとしても、狡猾《こうかつ》な彼が証拠を残しておくはずがない。おそらくすべて廃棄《はいき》されたに違いなかった。

（せめて……何か一つでも、当時のものが残っていれば——）

そこでアルマはふと、室内にまっすぐ差し込む白い光に気づいた。

ベッド越《ご》しには、大きな窓とその先に広がるバルコニーがあり、夜空には大きな満月が輝いている。

その瞬間、アルマの脳裏にある記憶が甦った。

（もしかして……）

アルマはすぐさまベッドの脇《わき》へと駆《か》け寄《よ》る。

突然の行動にヘンリーは一瞬反応したが、悪あがきかと鼻で笑った。

「どうしました。ベッドの下にでも隠れるつもりですか？」

「いいえ。……ただ思い出したんです。コンラート様のお父様が亡くなる前、たくさんお酒を呑まれていたことを」

「ええ。それがどうしました？」

「先ほどコンラート様は、お父様の身の回りのものはすべてあなたが管理していた、とおっしゃっていました。つまりあなたは、いつでもそれらに毒を盛ることが出来た」

アルマの杜撰《ずさん》な推理に、ヘンリーは「ははっ」と嗤笑《ししょう》する。

「ええ。もちろん出来たでしょうね。ただその時のものはもう何も――」

「ある、と言ったら？」

「……何？」

そう言うとアルマは、戸棚《キャビネット》から一本のワインを取り出した。

それは――メルヴェイユーズのヴィンテージ物。

「これはコンラート様が、お父様の部屋から勝手に持ち出したものです。下戸《げこ》なので、一度も開けることはなかったそうですが……。逆に言えば、このワインはお父様が呑んでいた当時のまま、ということになりますよね」

「……っ」

ヘンリーの顔色が明らかに悪くなる。

たしかな手ごたえに、アルマはワインボトルを持つ手にぎゅっと力を込めた。

「このワインを調べてもらいましょう。もし毒が入っていれば――」

「そんなこと……させるか！」

ヘンリーの怒号《どごう》に、ローブ姿の男が杖を持つ手に力を入れる。

だがコンラートがすばやく前に出ると、鮮《あざ》やかな身のこなしで男を絨毯《じゅうたん》の上へと投げ飛ばした。流れるように振り返り、そのままヘンリーに向かって片腕《かたうで》を大きく振り抜く。

「ぐっ‼」

近くにあったテーブルを巻き込みながら、ヘンリーは壁際《かべぎわ》へと派手に倒れ込んだ。コンラートはそこに馬乗りになり、彼の体を拘束《こうそく》する。

顔を見ると、その眼《め》は鮮烈《せんれつ》な赤色に変わっていた。

人並み外れた運動能力と、それをふるう勇気を持った『気弱閣下』。

アルマを守るべく、必死になってヘンリーを押さえ込む。

「アルマさん、早く逃げて！」

「は、はい‼」

アルマは二人の脇を通って、部屋の外に出ようとした。

しかし組《く》み敷《し》かれていたヘンリーは床《ゆか》に転がっていた燭台《しょくだい》を摑《つか》むと、そのままコンラートの頭に横殴《よこなぐ》りに打ちつける。

ゴッ、という嫌《いや》な音と、コンラートのうめき声がアルマの背後で落ちた。

「コンラート様⁉」

だが確認しようにも、ヘンリーが先に起き上がってくる。

アルマは急いで扉の内鍵を回そうとするが、焦《あせ》りと恐怖《きょうふ》で指が動かない。

(早く、早くしないと――)

「……いいから、それをよこ――」

背後からヘンリーが迫る。

だが次の瞬間、彼は突如がくんと後ろに引き戻された。

そのまま床に打ち倒されたかと思うと、腕を背中側に捻《ひね》り上げられる。

「いっ、ぎっ、ぎゃあああっ‼」

「コンラート様……?」

見れば頭から血を流したコンラートが、ヘンリーを床へと押さえつけていた。

やがてヘンリーは意識を失い――危機が去ったと察したアルマは扉に背をつけ、へなへなとその場にへたり込んだ。

「――アルマ、怪我《けが》はないか」

「は、はい……」

コンラートが床に片膝《かたひざ》をつき、こちらにそっと片手を差し出す。

その瞳は、本来の青色に戻っていた。

「コ、コンラート様は⁉　さっき頭を殴られて――」

「問題ない。……他に人格があって良かった。おかげですぐに入《い》れ替《か》わって君を助けにこられた」

微笑んだコンラートを目にし、アルマはようやく肩の力が抜けたのが分かった。

同時に恐怖を思い出してしまい、ぼろぼろと涙が溢れる。

「こ、怖かったぁ……」

コンラートがそれを見て、震えるアルマを力いっぱい抱きしめた。

「悪かった。まさかこんな危険な目に遭《あ》わせるなんて」

「ほんとですよ、バカっ……」

とん、と彼の胸を叩いたあと、アルマは泣きながらしばらく顔をうずめる。

するとコンラートが、腕の中にいたアルマをそっと覗《のぞ》き込んだ。

「本当に……無事で良かった」

コンラートの手が、泣き濡れたアルマの頬に伸びる。それに気づいたアルマもまた、彼に求められるままわずかに上向いた。

ゆっくりと二人の顔が近づいていき――

直後、聞き覚えのある大声とともに、背後の扉がドンドン！　と激しく揺れた。

「アルマ!?　コンラート!?　無事!?」

「………」

二人はぽかんと目をしばたたかせたあと、ようやくその声の主に思い至る。

「クラウディア様!?」

「……そのようだな」

コンラートは少しだけ残念そうに立ち上がり、扉の内鍵を開けるのだった。

恐ろしい一夜が明け、山の向こう側はうっすらと明るくなり始めていた。

頭を殴られたコンラートは医師の処置を受け、自室のベッドに腰かけている。

その傍に立っていたアルマが、恐る恐る口を開いた。

「あの、クラウディア様はどうしてこちらに？」

「あなたたちの婚約破棄がどうしても納得いかなくてね」

そう言って微笑むクラウディアの足元には、縄で縛《しば》られたヘンリーとローブ姿の男が転がされている。

「ヘンリーからは以前書簡をもらっていたんだけど、やっぱりあなたたちから直接話を聞かないとと思ったの。で、来てみたら執事長《しつじちょう》が真っ青な顔してるから──」

「それでここに……」

クラウディアは真っ赤な紅を引いた唇の両端《りょうたん》を、悲しそうに押し下げた。

「でもまさか、こんなことになっていたなんて……。コンラート、今まで気づけなくて、本当にごめんなさい」

「……いえ、そのお気持ちだけで十分です」

「……本当に、無事で良かったわ。アルマも。後始末もあるでしょうし、わたしはそろそろお暇《いとま》するわね」

使用人たちの手で、ヘンリーとローブ姿の男が廊下に連れ出される。

それに続いて退室しようとしたクラウディアの元に、アルマは慌てて駆け寄った。

「クラウディア様、あの、ありがとうございました」

「いいえ。身内の恥《はじ》にあなたを巻き込んでしまったわ。ごめんなさいね」

「い、いえ！　それより──この縁談《えんだん》を結んでくださったことに、あらためて感謝をお伝えしたくて」

クラウディアが話を持ってきてくれなければ、きっと彼と出会うことはなかった。

ありがとうございます、と万感《ばんかん》の思いを込めてアルマは頭を下げる。

するとクラウディアが「ふふっ」と片笑《かたえ》んだ。

「……実はね、ずうっとあなたのことが気になってたの」

「気に……なっていた？」

「昔ね、テーブルの上にいた虫を手にしたら、周りからきゃーって悲鳴をあげられちゃって。真っ青な顔して、後ろ手にいつまでも隠し持ってた女の子がいたのよ」

「そ、それって……」

おそらく、アルマが昆虫《こんちゅう》好きを隠すきっかけとなった最初の出来事。

まさかあのガーデンパーティーに、クラウディアも参加していたなんて。

「どうするのかなーってしばらく見ていたんだけど、結局あなたは、その子を見捨てなかった。最後まで背中に庇《かば》って、いつまでも守り続けて……。それを見た時『ああ、とても強くて優しい子なのね』と思ったのよ」

「……っ！」

アルマは、この場で泣き出してしまいそうだった。

あの時、あの場所で。そう思ってくれた人がいたなんて――

「わたしの妹――ああ、あの子の母親ね。もう亡くなっていたんだけど、やっぱり昆虫が大好きだったから、なんだか懐《なつ》かしくなっちゃって」

「そうだったんですね……」

「ええ。で、あの子の縁談がなかなか決まらないって時に、ふとそのことを思い出したのよ。コンラートはほら、見た目こそ迫力《はくりょく》があるけど、中身は結構繊細《せんさい》で、怖がりなところがあるでしょう？　だからしっかり者のあなたとなら、すごくいい夫婦《ふうふ》になれる気がしたの。わたしとダーリンみたいにね」

そう言うとクラウディアは、長い睫毛を伏せてばちんとウインクした。

「それじゃ、あとは二人でごゆっくり～！」

かつて見送った時と同じ豪快《ごうかい》さで、クラウディアは部屋をあとにした。

賑《にぎ》やかな彼女がいなくなったことで、室内が一気に静まり返る。

アルマが戻ると、ベッドに座っていたコンラートがやれやれと苦笑《くしょう》した。

「……とりあえず、終わったみたいだな」

「はい。コンラート様が助けてくださったおかげです」

「いや、俺は何もしていない。むしろ君に救われてばかりだ」

コンラートは俯き、そのまま静かに目を閉じる。

「夢を、見たんだ。小さい頃の俺が、好きなものを一つずつ手放していく夢」

「……はい」

「自分でも忘れていた――いや、無理やり消し去っていたのかもしれない。周りが望む俺の姿じゃない、当主としてふさわしくないからと」

（周りが望む、自分……）

アルマが見た目と中身の落差に苦しんでいた時。

コンラートもまた己《おのれ》の好きなものを捨て、偽《いつわ》り、抑え込んで生きてきた。

「そんな俺の元に、君が来てくれた。俺が捨てたはずのものを、全部抱えて――」

コンラートは顔を上げると、近くに立つアルマの手を取る。

「……『好き』と、口にするのが怖かった。だって俺の好きなものはいつだって分不相応《ぶんふそうおう》で、いつか手放さなければいけなかったから」

でも、とコンラートが言葉を切る。

「俺は……君が好きだ」

「…………」

「あらためて――君の婚約者に、立候補させてもらえないだろうか」

それを聞いたアルマはコンラートの手を握り返し、柔《やわ》らかく微笑んだ。

「こちらこそ、よろしくお願いします」

「……ああ」

コンラートの手が、ゆっくりとアルマの頬へ伸びる。

それを受けてアルマは、彼の方におずおずと上体を傾《かたむ》けた。

眩《まぶ》しい朝日が差し込むその部屋で――二人はようやく口づけを交《か》わしたのだった。

エピローグ　今日の閣下はどなたですか？

エヴァハルト領には、今日もしとしとと霧雨《きりさめ》が降っていた。

温室で土をいじっていたアルマの元に、執事長《しつじちょう》が現れる。

「アルマ様、旦那様《だんなさま》がそろそろ休憩《きゅうけい》されてはと」

「あら、もうそんな時間？」

泥《どろ》だらけになった軍手とエプロンを脱ぎ、スカートに落ちた土を払《はら》う。

外に出ると扉《とびら》のすぐ傍《そば》に、傘《かさ》を差したコンラートが立っていた。

「いらしてたんですか⁉　中で待っててくれれば良かったのに」

アルマに傘を差しかけながら、コンラートが「うっ」と眉間《みけん》に皺《しわ》を寄せる。

「いや、その、中には……」

「中には？」

「いるだろう、その……虫が」

しかめっ面《つら》のコンラートに、アルマは思わず「ふふっ」と笑いを零《こぼ》した。

そこでふと、コンラートの肩《かた》が傘からはみ出していることに気づく。

「もう少し近づきませんか？　肩、濡《ぬ》れちゃいますし」

「し、しかし……」

「しかし？」

「俺はでかいし、あんまり近づくと君が嫌《いや》なのではないかと……」

相変わらずのネガティブぶりに、アルマはやれやれと苦笑《くしょう》する。

訂正《ていせい》するのも面倒《めんどう》になり、そのまま「えいやっ」と彼の片腕《かたうで》に抱《だ》きついた。

「――!?」

「さ、行きましょうか」

赤面したままぎこちなく歩くコンラートの隣《となり》で、アルマは込み上げてくる笑いを必死に堪《こら》える。二人は腕を組んだまま母屋《おもや》に戻《もど》ると、二階にある彼の自室に向かった。

天気が悪いので、今日はバルコニーでお茶会だ。

「本当に好きですね、甘いもの」

「らしくない、と言われそうで人前では控《ひか》えていたが……。もう君の前では隠《かく》す必要もないからな」

そう言うとコンラートは、砂糖がたっぷり入ったミルクティーを手に取った。

一方隣に座ったアルマは野菜とハムのケークサレ片手に、細い足つきグラスに注がれた発泡酒《はっぽうしゅ》をごくっと喉《のど》に流し込む。

（うーん、土いじりのあとのお酒はやっぱり最高ね！）

たまらない充足感《じゅうそくかん》を満喫《まんきつ》していると、コンラートがふと口を開いた。

「そういえば先日、ヘンリーに面会した」

「！　どうでしたか？」

「思ったより元気そうだったな。相変わらず、俺のことは大嫌《だいきら》いなようだが」

実兄《じっけい》を毒殺した容疑でヘンリーは王都の監獄《かんごく》に収監《しゅうかん》された。

あの夜、二人が命がけで守り抜《ぬ》いたワインから件《くだん》の化合物が検出され、同じものが父親の墓所の土に残留していた――というのが決め手になったそうだ。

「動機はやはり金だったらしい」

「お金、ですか……」

ヘンリーの会社は外面《そとづら》こそ良かったものの、実際経営は火の車だったらしい。

困ったヘンリーは断続的に、実兄の資金援助《えんじょ》を受けていた。

だが返済が滞《とどこお》り、新たな借入も断られ、ついに保険金殺人を計画、実行。

横領した保険金によって、会社も一度は盛り返したものの――最近になってまた、先行きの見通しが立たなくなっていたという。

そこで今度は、甥《おい》であるコンラートに出資させていた――

「……俺はずっと、ヘンリーの言うことは絶対に間違《まちが》いないと信じ込んでいた。でも彼に逆らって、君との縁談を決めた日から……ヘンリーに従うことが、本当にすべて正しいのか、疑問を持つようになったんだ」

「今まで自分の言いなりだったコンラート様が逆らうようになった。だから『魔法』という強硬手段《きょうこうしゅだん》に出た、と……」

同時に捕《と》らえた魔法使いの供述《きょうじゅつ》によると、ヘンリーと繋《つな》がりを持ったのは、ちょうどコンラートの父親が亡《な》くなった頃《ころ》とのことだった。

その後ヘンリーはコンラートを新たな金づるとして囲うため、自分以外の者の意見や進言を聞かせないよう、『魔法』を使って徐々《じょじょ》に孤立《こりつ》させていく――彼が計画した悪事の全容を把握《はあく》したアルマは、思わずぶるっと身を震《ふる》わせた。

「やっぱり、魔法については罪に問えなかったんですね」

「ああ。何せ時間が経《た》っているし、証拠《しょうこ》がないからな」

「うーん、なんだかなあ……」

古株の使用人たちに『魔法』をかけ、邸から放逐《ほうちく》し――そしてコンラートを『魔法』で意のままに操《あやつ》ろうとした容疑に関してはアルマの危惧《きぐ》通り、やはり認められなかったという。

その存在がごく一部にしか認知《にんち》されていないとはいえ――

（これってある種の『闇《やみ》』よね……）

複雑な心境のアルマだったが、すぐに「そういえば」と首を傾《かし》げた。

「結局、どうして私は魔法にかからなかったんでしょう？」

「それに関しては、当の魔法使いにも分からないそうだ。考えられるとすれば『より強い力』が働いて、はね返したのではないか――と」

「より強い力？」

「ああ。例えるなら『神の加護』に近いものらしいが……」

（神の加護、ねえ……）

そこでふと、暗闇《くらやみ》の中で目にした白い髪の青年のことを思い出す。

たしかに彼はこの世のものとは思えないほど、美しい風貌《ふうぼう》をしていたが――

（見た目は神様っぽかったけど……。まさかね？）

発泡酒が入ったグラスを傾《かたむ》けながら、アルマはむむと目を閉じる。

対するコンラートは可愛《かわい》らしい茶器の縁《ふち》をなぞりながら、ほっとしたように続けた。

「まあおかげで、君を危険な目に遭《あ》わせずにすんだわけだから、俺としてはありがたい限りだ。それに、自分の中にあった感情を取り戻すことも出来た」

「コンラート様……」

「本当に君のおかげだ、アルマ――」

給仕《きゅうじ》のメイドたちはいつの間にかいなくなっており、バルコニーには二人だけ。

心なしか雰囲気が変わった気がして、アルマはつい身構えてしまう。

「あ、あの、コンラート様？」

「……うん？」

先程より甘い、コンラートの声。

ゆっくりと彼の手が伸《の》びてきて、アルマの頬《ほお》に触《ふ》れようとする。

だがその瞬間《しゅんかん》、視界の端《はし》に何かがぱさっと通り過ぎ——同時に、コンラートが弾《はじ》かれるように身を引いた。

「——っ！」

「あ、あれ？　どこから来たんでしょう」

見れば白い蝶《ちょう》が、アルマの肩にとまっていた。

ふっと離《はな》れると、小雨《こさめ》にもかかわらずひらひらと中庭へと飛んでいく。

「もしかしたら、温室からついてきたのかも」

「温室か……」

今日の土いじりからも分かるように、アルマはここ数日温室に入りびたりだ。

少し前に庭師による整備が行われた空間は、あっという間に豊かな緑を取り戻した。すると虫たちがどこからともなく顔を出し——今では完全に『楽園』と化している。

困っているのはコンラートのほうで、アルマが温室にいる間、どうしても近づくことが出来ないようだった。

「まあ、君に贈《おく》ったのはそもそも俺だしな。だが頼《たの》むから、一日中温室に籠《こも》るのはやめてほしい……」

「す、すみません……」

心なしか『悲しみ』を滲《にじ》ませるコンラートを前に、アルマは殊勝《しゅしょう》に頭を下げる。

だがどれだけ虫を嫌《きら》っていようとも、彼はアルマに対して絶対に「やめろ」とは言わない。魔法が解けても、人格が一つに戻っても、コンラートは『アルマが好きなものを大切にしてくれる』彼のままだ。

(本当は、みんなにもちゃんとお礼を言いたかったのだけど――)

あの日の夜以降、他の人格は一度として現れていない。

だが今のコンラートの中には『喜び』も『怒《いか》り』も『怯《おび》え』も――きっと生きているはずだ。

(ありがとう、みんな……)

かつての賑《にぎ》やかな日々を思い出し、アルマはそっと目を細めるのだった。

やがてコンラートが突然《とつぜん》、「んんっ」と短く咳払《せきばら》いした。

「アルマ、その、大変遅《おそ》くなったんだが……」

そう言って取り出したのは、見覚えのある布張りの小箱だった。

もしやと緊張したアルマが息を呑《の》んでいると、中から既視感《きしかん》のある指輪が現れる。

ただし宝石は黒ではなく、透《す》き通《とお》った薄紫色《うすむらさきいろ》だった。

「良かったら、今度こそ受け取ってもらえないだろうか」

「コンラート様……」

「その、以前より小さい石なんだが……このほうが、君に似合うと思って」

コンラートは台座から慎重《しんちょう》に指輪を取り出すと、アルマの左手を持ち上げた。

「アルマ――どうか俺と、結婚してほしい」

「……はい。喜んで」

薬指の付け根に白金《プラチナ》の輝《かがや》きが宿り、高貴《こうき》な紫色がアルマの白い指を彩《いろど》る。

「綺麗《きれい》……」

すると、ずっと降り続いていた雨がぱらぱらとその勢いを弱め始めた。空を覆《おお》っていた灰色の雲がゆっくりと風に流され、切れ間から太陽が差し込む。

分厚い雲から梯子《はしご》のように幾筋《いくすじ》も光が降り注ぎ――まるで神様から祝福されているかのような光景に、アルマはただただ感嘆《かんたん》した。

コンラートもまた嬉《うれ》しそうに微笑《ほほえ》むと、アルマを自身の傍に引き寄せる。

指輪をはめた手を強く握《にぎ》り込むと、ゆっくりと顔を傾けた。

「──愛してる」

雨上がり、秋も深まってきた涼《すず》やかな空気。

バルコニーの手すりや、庭の木々を飾《かざ》る透明《とうめい》な雫《しずく》。

そんなエヴァハルトの瑞々《みずみず》しい世界に包まれたまま──二人はそっと誓《ちか》いの口づけを交《か》わしたのであった。


しばらくして、アルマは少しだけ怪訝《けげん》そうな顔をした。

（い、いったい、いつまでキスするの……？）

そろそろいいのでは、という意思表示のつもりで彼の手を軽く握るが、コンラートはさらに体を寄せてきて、唇《くちびる》をより深く合わせようとするばかり。

（さ、さすがにちょっと恥《は》ずかしい……）

仕方なく、とん、と小さくコンラートの胸を叩《たた》く。

だがやはり離《はな》れてくれる気配はなく、ついにアルマは力いっぱい彼を押しやった。

「あ、あのっ！　さすがにまだお昼なので、こういうことは──」

「じゃあ、夜だったら続きをしてもいい？」

「え、えええっ⁉」

まさかの発言に、アルマの頬がかあっと熱くなる。

（コンラート様がこんな積極的なことを言うなんて……！　まるで『軟派《なんぱ》閣下』に戻ったみたい、な――）

彼の顔を見上げたアルマはその場でぱちぱちと瞬《まばた》く。

前髪をかき上げたコンラート――その瞳《ひとみ》は見事な金色に変わっていた。

「コ、コンラート様？　目が……」

「ああ、まだ副作用が残ってるのか。まあでも、分かりやすくていいよね」

「もしかして中身も!?」

「うん。ただいま」

あっけらかんと笑う『軟派閣下』に、アルマはぽかんとするばかりだ。

「お、おかえりなさい……。じゃなくて！　ど、どうしてですか!?　元のコンラート様に戻ったはずじゃ……」

「えーと、まあこれにはその、色々と事情があって」

「事情？」

「以前ヘンリーが、おれにかかった魔法を解除したのは覚えてる？　きみのことを忘れちゃった時。実はあれって魔法が解《と》けて人格が一つにまとまったわけじゃなくて、別の魔法で無理やり押さえつけられていただけだったんだ。ま、そんな歪《いびつ》な状態だったからこそ、偶然《ぐうぜん》『泣き虫』が外に出ることが出来たんだけど」

「それであの手紙を……」

「うん。で、今度こそ新しい魔法で完全に消されるーって時に、きみが助けにきてくれた。そのおかげでおれたちを抑止《よくし》していた魔法も一緒に解けて、晴れて全部元通りってわけ」

「じゃあ他の二人も……」

「大丈夫《だいじょうぶ》。……ここにいるよ」

コンラートが自身の胸を押さえたのを見て、アルマは視界を滲ませた。

たまらず彼に抱きつくと、ぎゅうっと両腕《りょううで》に力を込める。

「良かった……」

「ごめんね。心配かけて」

「もう二度と、会えないと思っていたから……」

「おれたちもそう思ってた。だからまた会えて……すごく嬉しい」

そう言うと『軟派閣下』は優《やさ》しくアルマを抱きしめ返した。

「ふふ。でも、ついにおれのこと、大好きになったみたいだね？」

「えっ？」

「だって嬉しくて、泣きながらハグしてくれるくらいなんだもん。もうこれは完璧《かんぺき》におれに惚《ほ》れて――」

「これは、ただの、挨拶《あいさつ》、です‼」

にょによとしまらない顔のコンラートに苛立《いらだ》ち、アルマはぐいっと押しはがす。

すると『軟派閣下』は「ええーっ」と唇を尖《とが》らせた。

「まあいいや。またこうして、きみの前に戻ってこられたんだもの。これって神様がおれにチャンスをくれたってことだよね？」

「チャンス？」

そう聞いたのとほぼ同時に、アルマはソファに押し倒された。

金の瞳が妖艶《ようえん》に細められ、薄《うす》い唇が蠱惑的《こわくてき》に囁《ささや》く。

「ねえアルマ、本気でおれを選んでみない？」

「え、選ぶって……」

「おれたちの中心はいつだってきみだ。だからこれから先、きみがいちばんに望んだ人格が、コンラートとして生きたっていいと思わない？」

「そ、それは……」

「構わないだろ？　だってそのほうが絶対楽しいし、それに——結局全員同じ『コンラート』なんだからさ」

突然の提案に困惑《こんわく》するアルマをよそに、『軟派閣下』はゆっくりと顔を傾けると、優しく唇を押し当ててきた。

慌《あわ》てて受けとめたアルマだったが、これまでにない感触《かんしょく》に思わず眉根《まゆね》を寄せる。

（ま、待って⁉　これって――）

唇とは異なるはじめての温かさに、アルマは真っ赤になって抵抗《ていこう》する。

すると突然、彼の体からふっと力が抜けた。

その直後、覆いかぶさっていたコンラートが勢いよく跳ね起きる。

「――っ、あの『馬鹿』、何考えてるんですかっ……‼」

（め、『眼鏡《めがね》閣下』⁉）

アルマも焦《あせ》って体を起こす。

先ほどまでぐいぐいと迫《せま》っていたはずのコンラートは、今はぎりぎりと悔《くや》しそうに奥歯《おくば》を噛《か》みしめていた。眉《まゆ》はきりりとつり上がり、その瞳は緑色になっている。

「だいたいあなたも！　男にほいほい迫られたあげく、簡単に口づけを許すなんて――警《けい》戒心《かいしん》がなさすぎます‼」

「お、男って言われてもコンラート様ですし……。というかそもそも、どうしていきなり入《い》れ替《か》わったんですか？」

「わたしだって知りませんよ。ですが今の状況《じょうきょう》を見る限り、口づけをしたことがきっかけになったようですね」

「口づけ？」

急遽《きゅうきょ》呼び出された『眼鏡閣下』は、存在しない眼鏡のブリッジを押し上げながら分析《ぶんせき》を続ける。

「今までは、我々の意志だけでは自由に入れ替わることが出来ませんでした。ですがここに至るまでさまざまな別の魔法の影響《えいきょう》を受けた――その結果『あなたと唇を重ねること』が人格交代のトリガーとなったのかもしれません」

「な、なるほど……？」

いまいち半信半疑《はんしんはんぎ》なアルマを前に、コンラートは深いため息をつく。

「……まあ、今回は特別に許しましょう。とはいえ、次は認めませんが」

「はは……」

そこでアルマは、彼と最後に会った時のことを思い出した。

「あの、緑色のドレス、ありがとうございました」

「……ああ、そういえばそうでしたね」

「とても素敵《すてき》でした。残念ながら、ご披露《ひろう》出来なかったんですけど」

「ふむ。では今すぐ着替《きが》えてきてください」

「えっ、今からですか⁉」

「当たり前でしょう。わたしは出資者です。当然見る権利がある」

「そ、それはそうでしょうけど……」

まさか、彼から「見たい」と言われるなんて。

アルマが顔を赤らめていると、『眼鏡閣下』が「ふはっ」と噴《ふ》き出《だ》した。

「……っ、ふっ、冗談《じょうだん》です。何を本気にしているんですか」

「ほ、本気にしますよ！　もう！」

必死に笑いを堪える『眼鏡閣下』に、アルマはむうっと頰を膨《ふく》らませる。

やがてコンラートが、目尻《めじり》に浮《う》かんだ涙《なみだ》を拭《ぬぐ》いながらぽろりと口にした。

「他のわたしが先に目にした、という事実は腹だたしくもありますが……見なくても分かりますよ。だってあなたは、何を着ても可愛らしい――」

「可愛らしい？」

「…………」

コンラートはすぐさま口を閉ざし、再びありもしない眼鏡の位置を正した。

「――違います。わたしは何も言っていません。聞き間違いです」

「え、でもさっきたしかに、可愛いって……」

「人間、その言葉が聞きたいという欲があると、なんでもそれらしく聞こえてしまうものなのです。何度も言いますが、わたしは何も言っていません。幻聴《げんちょう》です」

『眼鏡閣下』はそう一気にまくしたてると、近くにあったグラスを摑《つか》み、そのまま勢いよくあおった。

「あっ！　コンラート様、それ私の……」

「何か文句でも？　このわたしに意見しようなんて百年――」

「お酒……」

「……………」

アルマが言い終えるよりも早く、コンラートがこちらに向かってゆっくり倒《たお》れ込んでくる。急いで両手を伸ばしたが、長身の彼を支えることは出来ず――がちっという嫌な音と衝撃《しょうげき》が歯の根全体に走った。

（いっ……たー!!）

ロマンスの欠片《かけら》もない衝突《しょうとつ》事故に、アルマはつい涙目《なみだめ》になる。

だがすぐに「はっ」と瞠目《どうもく》した。

（待って!?　もしかしてこれもキスの判定に――）

アルマはドキドキしながら彼が目覚めるのを待つ。

現れたのは予想通り――深紅《しんく》の瞳だ。

「……アルマ、さん？」

「す、すみません、こんな体勢で……。その、良ければ起きていただけると……」

「？　こんな体勢とは――」

馬乗りになっていた『気弱閣下』は、無言のまま自分の下にいるアルマを見る。

そのまま何度か瞬いたあと、突風のようにふっといなくなった。

「コ、コンラート様⁉」

消えた⁉　とアルマはすぐさま立ち上がり、周囲を見回す。

コンラートははるか遠くのバルコニーの手すりにへばりついており、ネクタイをゆるめながら、大きく外に身を乗り出しているところだった。

「コンラート様、何してるんですか⁉」

「すみません、アルマさん……。どれだけ謝ったところで、許されないほどの大罪をぼくは犯《おか》してしまいました……。もう、命をかけてお詫《わ》びするしか——」

「や、やめてくださいー‼」

アルマは必死になって彼を手すりから引きはがすと、なんとかソファに座らせる。

『気弱閣下』は祈《いの》るように両手を組んだまま、この世の終わりのような表情ですんすんと洟《はな》をすすっていた。

「本当に、本当に申し訳ありません……。必ず責任を取りますので……」

「責任って……私たち婚約者なんですから、キスくらい別に——」

「し……してもいいんですか？」

一転して目を輝かせた『気弱閣下』の姿に、アルマは反射的に赤面する。

彼もまたその反応に気づいたのか、すぐにぶんぶんと首を振《ふ》った。

「す、すみません‼　その、そういうつもりじゃ」

「い、いえ……」

気まずい沈黙《ちんもく》が流れたものの、やがてコンラートがおずおずと切り出した。

「い、今さらですけど、本当にありがとうございました……。あんな、ぼくの手紙を信じてくれるなんて……」

「コンラート様……」

「……本当は、送っていいのかすごく悩《なや》みました。届いたところで、来てくれないんじゃないかと考えるともう怖《こわ》くて、怖くて……。正直、無視されても仕方ないと思っていました」

でも、とコンラートは柔《やわ》らかくはにかむ。

「アルマさんは、迷うことなくぼくたちを助けにきてくれた。それが本当に、本当に嬉しくて――」

それを聞いたアルマは、そっと彼の両手を取る。

「お礼を言うのは私のほうです」

「え？」

「あの時、守ってくださりありがとうございました」

ヘンリーたちから襲《おそ》われた際、最初に体を張って守ってくれたのは、この『気弱閣下』

だった。己《おのれ》の危険も顧《かえり》みずに。

「……全部、ぼくがしたくてしたことです。それにぼくは他の人格と違って、それくらいしか役に立てないですし」

「でも、そのせいで大怪我《おおけが》を……」

「アルマさんを守れたのなら、全然平気です」

そう言うとコンラートは、アルマの手をぎゅっと握り返した。

自身の胸の前に引き寄せると、騎士《きし》が誓いを捧《ささ》げる時のように目を瞑《つぶ》る。

「これから先、アルマさんの身に危険が及《およ》びそうな時は、いつでもぼくを呼んでください。

どんな場所でも、どんな相手でも、この命に代えて守りますから」

「は、はい……」

普段《ふだん》の気弱さが嘘《うそ》のような真剣《しんけん》な言葉に、アルマはなんだか恥ずかしくなって俯《うつむ》いた。

ぱらりと零れ落ちた黒髪が、赤くなった頬をそっと隠す。

すると繋いでいた手が離れ、コンラートの指先がアルマの頬に伸びた。

「アルマさん……」

コンラートはたどたどしい手つきで、頬にかかっていた髪をアルマの耳にかける。

そのままおずおずと顔を近づけると、吐息《といき》のかかる距離《きょり》で囁いた。

「アルマさん、ぼくたちを救い出してくれて――ありがとう」

音もなく二人の唇が触れ合う。

すぐにコンラートの肩がびくりと震え、ぎこちなく二人の距離が離れた。

青い瞳になったコンラートが、真っ赤になったまま声を絞《しぼ》り出す。

「……すまない、まさかその、こんなことになっているなんて」

「い、いえ……」

「やはりもう一度、魔法の解除を依頼《いらい》したほうがいいだろうか？　しかし下手をすれば俺はまた君のことを──」

「だ、大丈夫です！　きっと何かいい方法がありますよ」

「しかし……」

「入れ替わるきっかけは分かっているわけですし、それにその、もう一度忘れられるのは、嫌なので……」

その言葉にコンラートはぐっと唇を引き結んだ。

アルマの手を強く握り返すと、安心させるようにこちらを見つめる。

「分かっている。そんなことは絶対にさせない」

「……はい」

「必ず探してみせる。君との記憶《きおく》も、俺の感情も、どちらも守る方法を」

だが堂々と言い切ったはずのコンラートは、突如はたと目を見張ったかと思うと、再び深刻な表情に戻った。

「しかし待てよ……。このままだと俺は、いつまでも君とキス出来ないのでは？」

「え⁉　でも、皆《みな》さん同じコンラート様なんですよね？　別に問題ないんじゃ……」

「それはそうだが、なんだかこう……気分の問題というか……。逆に君はいいのか？　俺ではない俺と口づけを交わしても」

「そ、そう言われましても……」

コンラートは苦悶《くもん》したのち、九十度に立てた手のひらをこちらに向けた。

「少し時間をくれないか。一度、内部で会議をする」

「内部で会議？」

「ああ。他の俺がむやみに君に手を出さないよう、きちんとルールを定めておく必要があると判断した」

「なんだかややこしいんですね……」

「まあ要は、恋敵《こいがたき》が自分の中にいるようなものだからな……」

最後にぼそっとつぶやくとコンラートは腕を組み、その場で静かに瞑目《めいもく》した。

緊張しながら待っていると、しばらくしてコンラートが眉間に深い縦皺を寄せる。

「……とりあえず、今日だけは妥協《だきょう》してくれるということで決着した」

「か、会話ができるんですね？」

「ああ。これも魔法が変質したせいだろう。ただ明日からは争奪戦《そうだつせん》だから覚悟《かくご》しておけと……」

「争奪……」

こうして一日の権利をなんとか勝ち取ったコンラートは、こちらに向き直ると神妙《しんみょう》な顔つきでアルマの頬に手を伸ばした。

「今度こそ――最初から最後まで俺のまま、君とキスしたい」

「は、はい……！」

アルマはすぐさま目を瞑る。

あらためて宣言されたせいか、心臓がかつてないほど激しく音を立てた。

「アルマ――」

甘い蜂蜜《はちみつ》のような声がアルマの耳朶《じだ》をくすぐり、呼吸ごと唇が奪《うば》われる――と覚悟した途端、何故《なぜ》かものすごい勢いでコンラートが距離を取った。

「コ、コンラート様？」

「わ、悪い、その……君の肩に、また蝶が下りてきて……」

「蝶？」

見ればアルマの肩で、先ほどの白い蝶がゆっくりと翅《はね》を上下させていた。

戻ってきたのだろうか、とアルマは顔をほころばせる。

「……あら？　よく見るとあなた、シャルロッテ様のお茶会で助けた子にそっくりね」

アルマが指を差し出しても、いっこうに逃げていく気配がない。

それどころか、小さな前肢《まえあし》をちょんと爪先《つまさき》に置いたのを見て、アルマは嬉しそうに微笑んだ。

「もしかして温室じゃなくて、王都からついてきちゃったのかしら？」

「アルマ……楽しそうなところ悪いが、出来ればそいつをどこか遠くに放してきてもらってもいいだろうか……」

「あっ！　すみません、すぐに――」

だがアルマが立ち上がったのと同時に、蝶もまたふわりと宙に浮く。そのままひらひらと、何故かコンラートの方をめがけて飛んでいった。

「く、来るな……！」

「す、すみません！　ほら、こっちにおいで」

アルマが慌てて手を差し出すも、蝶はさらにコンラートに接近していく。

いよいよ限界を迎《むか》えたのか、コンラートはソファから立ち上がると、目にもとまらぬ速さでバルコニーから逃げ出してしまった。

「コ、コンラート様！　もう、だめよ脅《おど》かしちゃ」

蝶はまるでアルマの言葉を理解したかのように、ひらひらとこちらに舞《ま》い戻ってくる。

再度アルマの肩にとまると、楽しげに翅を開閉した。

(そういえばあの時、コンラート様のお母様が『白いちょうちょは神様の使い』って言っていたけど――まさかね?)

改めてじっと観察してみたが、蝶は不思議そうに触覚《しょっかく》を揺《ゆ》らすだけだ。

そういえば結局、この蝶の種類はいまだに特定できていない。

「……まあいいわ。まずはコンラート様を捜しにいきましょう」

いつの間にか雨は完全に上がり、雲の合間からは青空が覗いている。

ほどよく湿気《しっけ》を孕《はら》んだ冷たい空気を大きく吸い込むと、アルマはコンラートを追いかけるべく、バルコニーをあとにした。


(了)

あとがき

はじめましての方も、お久しぶりの方もこんにちは。春臣《はるおみ》あかりです。

このたびは「今日《きょう》の閣下《かっか》はどなたですか？」をお手に取ってくださり、本当にありがとうございます！

今回の作品は「小説で乙女《おとめ》ゲームをしたらどうなるだろう？」と考えたのが最初のきっかけでした。

というのも私は乙女ゲームが大好きで、基本的に全キャラのルートを踏破《とうは》します。こうして「このキャラのエンディングが良かった！」とホクホクしているのですが、小説だと基本的にヒーローは一人なので、選ばれなかったキャラは完全に当て馬として敗北していく形となります。これがとても悲しかった。

なので「色々なキャラと恋愛《れんあい》しつつも、でも結局ヒーローは一人！」という無茶を形にした結果、今回の作品の種が生まれました。「攻略《こうりゃく》キャラは一人だけど、ルートが四つある乙女ゲー小説」として楽しんでいただければ幸いです。

ちなみに今回よく出てきた誤字は軟派《なんぱ》閣下あらため『難波《なんぱ》閣下』でした。十八年ぶりのアレ、おめでとうございます。

またこの場を借りて恐縮《きょうしゅく》ですが、前作「前略《ぜんりゃく》、顔《かお》のない騎士《きし》と恋《こい》を始めます。」へのファンレター、感想など本当にありがとうございました！　公式サイトへメッセージを送ってくださった方もいて、どれも大変嬉《うれ》しく拝見しております。

今回の執筆《しっぴつ》にあたりまして、いつも的確なアドバイスをくださる担当様、校閲《こうえつ》様、ありがとうございます。

そして素敵《すてき》な表紙と挿絵《さしえ》を描《か》いて下さった、すらだまみ先生にも深く感謝を申し上げます。もうとにかく四人とも顔が……顔が良くて……キャラごとの描き分けも素晴《すば》らしくて本当に最高でした。ありがとうございます。

またこちらの作品、ＦＬＯＳ　ＣＯＭＩＣにてコミカライズ企画《きかく》が進行中です！　漫画《まんが》のアルマはまた違《ちが》った可愛《かわい》らしさとドタバタ感になると思いますので、こちらも楽しんでいただけたら嬉しいです。

それでは、またお会いできますことを楽しみにしております。

――この物語が、いつかの私のような女の子に届きますように。

■ご意見、ご感想をお寄せください。
《ファンレターの宛先》
〒102-8177 東京都千代田区富士見 2-13-3
株式会社KADOKAWA ビーズログ文庫編集部
春臣あかり 先生・すらだまみ 先生
●お問い合わせ
https://www.kadokawa.co.jp/（「お問い合わせ」へお進みください）
※内容によっては、お答えできない場合があります。
※サポートは日本国内のみとさせていただきます。
※Japanese text only

B's-LOG BUNKO
ビーズログ文庫

今日《きょう》の閣下《かっか》はどなたですか？

春臣《はるおみ》あかり

2023年11月15日 初版発行

発行者　山下直久
発行　株式会社 KADOKAWA
〒102-8177 東京都千代田区富士見 2-13-3
（ナビダイヤル）0570-002-301
デザイン　みぞぐちまいこ（cob design）
印刷所　TOPPAN株式会社
製本所　TOPPAN株式会社

ISBN978-4-04-737710-3 C0193

定価はカバーに表示してあります。
◇◇◇

ビーズログ文庫
第一回
ビーズログ
小説大賞
受賞作!!
前略、
顔のない騎士と
恋を始めます。
どんな過《キ》去《ズ》があろうとも、
"惹かれる想い"は止まらない!!
春臣《はるおみ》あかり
イラスト／IRIASU
仮面造形師になる夢を叶えるため王都へとやってきたイルゼは、漆黒の
仮面をつけたヴィンセントと出会う。"顔のない騎士"と揶揄され、素顔に醜
い傷と凄惨な過去を負う彼に、イルゼはたまらなく惹かれてしまい……!?